「今日、
行ってもいい？」

南野《みなみの》千夏《ちなつ》

「いい匂いって思う相手とは、遺伝子レベルで相性がいいらしいよ?」

誰とでも話せる明るい性格と圧倒的可愛さで絶大な人気を誇るパーフェクトヒロイン。同じクラスのハジメとは捨て猫を拾ったきっかけで話すように。実は中学時代に人気者であるがゆえのトラブルを経験している。

佐藤《さとう》一《はじめ》

「大丈夫だよ。僕は南野さんのことを嫌わない」

陰キャというほどキャラが立ってもなく、イケメンでもない中の中の高校一年生。高校では帰宅部だが、幼少からバスケをしており、学外でストリートバスケのサークルに所属している。穏やかだが芯は強い性格。

春崎佳奈《はるさきかな》
見た目はギャルだが、根は真面目な大学生。真司の彼女。明るく人を気遣える性格で面倒見も良い。ハジメと千夏の仲を応援している。
「あたしさ、こういう妹的な、年下の子の相談乗るのとか憧れてたんだよね」
「上っ面ばかりのアイドルかと思ってたが、ハジメを選ぶとは中々男を見る目はあるじゃねぇか、南野」
相澤真司《あいざわしんじ》
ハジメのストリートバスケの友人。同じ高校に通っているものの学校ではほとんど絡まない。外見は優等生からかけ離れているが学業は優秀。

「いただきます！」「いただきます」

そう言って二人で手を合わせて、クレープを食べる。

「え？　うま⁉」

思わず声が出ていた。

正直クレープなんて値段や量の違いで、味はどこで食べてもそう変わらないと思っていた。

それがこれは――

「でしょでしょ、何か生地が違うのかな？　何でかめっちゃ美味しいんだよね。ほらこっちも食べてみて」

そう言った南野がすっと口元に差し出してきたいちごのクレープも齧《かじ》ってみる。

「あー、これはこれで……意外と生クリーム重たくないんだね、こんなにしっかりしてるのに」

「そうなんだよね。だから食べ過ぎちゃうっていうか、うちもそっちちょうだい？」

「うん、どうぞ」

恋は下心、愛は真心とは誰の言葉だっただろうか。

わかっていることは、どんなにキスを交わしても、この胸の中の想いが消えるとは思えないということ。

僕の心の中にはもう、千夏の場所があった。

そして千夏の心の中にも、きっと僕の居場所は用意されていた。

「ねぇ、千夏」

「なに？　ハジメ」

「僕と、恋人になってくれますか？」

「……ええ、喜んで」

もくじ

The reason why she chose me.

二番目な僕と一番の彼女

和尚

ファンタジア文庫

3345

口絵・本文イラスト　ミュシャ

二番目な僕と一番の彼女
The reason why she chose me.

プロローグ

窓の外を眺めていた。

人というものは比較してしまう生き物だ。これは、より強いものに、より賢いものに惹《ひ》かれるという、子孫繁栄、種族繁栄のための本能なのだと思う。

そして、閉鎖的なコミュニティの中だとそれが顕著になる。例えば、それが同じ場所に同じ格好で集められた同じ年齢のもの同士だと特に。

僕の名前は佐藤一《さとうはじめ》。

コミュニティの中だと、おそらく中の中あたりに位置している。勉強も二四〇人のうち一〇〇位程。運動もできないわけでもないが、一線級ではない。サッカーのチーム分けをするなら、五番目くらいに選ばれると言ったら伝わるだろうか。

容姿も、かっこいいと言われたことはないが、貶《けな》されたこともない。自分で見ても、普通だなと思うし、髪を整えてもイケメン属性は装備されていない。

高校生の中だと、目に見えるもので比較される。

勉強は勿論《もちろん》のこと、運動でも部活でもそうだ。そして何より容姿が最も重要なファクターとなる。

「ハジメ！　いけー！」

そんな声援を受けて、長身の、遠くから見てもオーラがわかる男子高校生が、上着を脱いだ制服姿で、スタイルの良さが際立《きわだ》つその長い手足を躍動させて見事なゴールを決めていた。本職のサッカー部よりも上手く見えるのは反則ではないだろうか。

生徒からも先生からも、学年で一番と言って良いほどの人気を誇る彼は、容姿端麗、学業優秀、運動神経抜群な上に性格もいいらしいという、少女漫画から飛び出て来たような完璧超人だった。

「やばい、佐藤くんがめっちゃかっこいい」

クラスのカースト上位のグループ、可愛《かわい》い子に美人な子を取《と》り揃《そろ》えた集まりの中の話が聞こえる。

佐藤くんのファンを公言してやまない彼女は時々こうして佐藤くんファンをアピールしていた。

「いいよね、早紀《さき》ともお似合いだと思うよ」

そう言うのは、学年で一番人気を常に争う南野千夏《みなみのちなつ》だった。佐藤くんとお似合いと噂《うわさ》されているのも聞いたことはあるが、内心はどうあれ友人の応援をする言葉をよく口にしているのも聞こえる。

よく笑っていて、クラスが華やかになる一助を担《にな》っている彼女のファンもまた、佐藤くんのファンと同様に多いことだろう。

さて、ここまでで察してくれた方は多いだろうが、先程の完璧超人の名前は佐藤一くんという。

そして改めて、僕の名前もまた、佐藤一といった。

珍しいことではない。

ネットで検索しても、沢山の『佐藤一』さんが検索結果に出てくる。かのウィキペディアにすら出てくるほどである。居すぎだろう佐藤一さん。

ただ、同じ高校に二人いるということは、自然と比べられるということだ。

これは仕方ない。

当たり前だが、佐藤一が佐藤一くんを呼ぶときにどうするか迷う。おそらくどちらも同じことを思っているだろう。

一人の佐藤一は、平凡な少年だった。

しかし、もう一人の佐藤一くんは、ただの佐藤一くんではなかった。

まずは容姿端麗、高身長に整った顔立ち、遠くから見てもはっとさせられる程のオーラ。

次に運動。その体格を生かしてバスケ部に入ると、瞬《また》く間《ま》にレギュラーを勝ち取る。

更には勉強も、定期試験では上位一〇番以内に入る。

なおかつ、性格も悪くなく、上位グループにいながらにしてアニメや漫画にすら理解があるという強者《つわもの》だ。

幸か不幸か、僕と彼の間では戦う前から序列はついていた。

彼が佐藤一で、僕は『二番』。

口さがない人間が言い始めて、単純が故《ゆえ》にあっという間に広まり、そして何より僕自身が否定することもできなかったあだ名。

これは、そんな『二番』な僕が、誰かにとっての一番になるお話。

◇
◆

「ハジメ、ハジメ！　今日はバイト無かったよね。家行ってもいいかな？」

ホームルームが終わり先生が退室した後、溢《あふ》れんばかりの笑顔で、そう言ってクラスどころか学年で人気の彼女——南野千夏が僕に話しかけると、一瞬クラスの時が止まったように感じた。

決して大きな声では無いものの、彼女は目立つ。

学年一というには、好みの問題もあり賛否両論あるが、可愛いということ自体に賛成しないものはいない。

肩にかかるかかからない程度の透き通るような黒髪に、感情によってころころ印象の変わる大きな瞳、バランスの良《い》い小さな鼻。よく口を開けて笑うのに下品に見えない可愛さの唇。

背は高すぎることも低すぎることもない、一七〇センチちょいの僕の目線の少し低いところにあるので一六〇センチ中盤だろう、胸は制服の上から目立つ程の大きさではないがスレンダーな体型の割にある方で、校則違反をギリギリまで攻めた少し短めの膝上のスカートの裾からは、透けるような白い肌、しかしてそこに不健康さは全く無く、健康美そのものといった彼女の雰囲気と合わさってより魅力的に見せている。

その上で運動も勉強もできるというハイスペック女子。

対して僕はと言うと、目立たない男子生徒である自覚がある。

昼を一緒に食べたりする友人はいるし、休み時間に近くになったクラスメイトと軽く会

話したりはする。

でも、帰宅部で、学外で遊ぶほど仲のいい友達はおらず、僕のことを一番の友人と言うやつは居ないだろう自信がある。

悪目立ちするほどの陰キャでもボッチでもなく、何かのイベントで目を引くほど一芸があるわけでもない。

髪を上げたら実はイケメン属性があるわけでもなく、むしろちゃんと美容院に行って、朝それなりに整えて、中の中くらいになる程度。

そんな僕に、同学年どころか、先輩男子にすら人気があり、それでいて女子にも悪く言う人間がいない学校屈指の人気者である彼女が、名前で親しげに呼びかけるのは、高校という閉鎖された世界で、ある程度のランク分けがされた一年生の冬、三学期では大事件の火種になりうるものだった。

「は？　え？　なんで二番と南野が？　どういう関係？」

「佐藤間違えしてんじゃ、とか？　流石《さすが》に本人前にそれはないか」

「……やっぱりあの二人」

ザワザワと声が聞こえる。

正確に表現するならば。

訳知り顔の女子グループ。

興味深そうな女子グループ。

不快そうな男子グループ。

驚いている生徒たち。

興味がない風を装いつつも、興味を隠しきれていない生徒たち。

に分かれている。

何にせよ目立っているというわけだ。

もしかしたら入学して以来、一番視線を浴びているまである。

尤《もっと》も、こうなるのは、僕も彼女もわかっていた。

彼女は物語のヒロインに引けを取らないほど可愛いと僕は思っているが、無自覚系ヒロインほどに自分の影響を意識して無いわけではなかったし、自分がどう見られているかも空気も理解しているからこそ、今の立ち位置の中で敵を作ることもなく人気者のままでいる。

そして、そんな彼女が、朝から実はずっとそわそわしていたのを僕は知っている。

いつも以上に僕のスマホが、太ももから僕にメッセージの受信の振動を伝えていたのがその証拠だ。

『(千夏) いよいよ今日だよね』

『(千夏) ゆっこたちにはもう今日は一緒に帰らないって話してるから』

『(千夏) 実は昼休みでも良かったんじゃ、ううん、でもだめ、今日は一緒に帰るだけにして一晩寝かせたほうがいい』

『(千夏) おーい』

『(千夏) ……何かドキドキしているのが私だけみたいでずるい』

『(千夏) ずるい』

『(ハジメ) いや、授業中だから』

『(千夏) ハジメは私より授業が大事なんだ』

『(千夏) へー』

『(千夏) ふーん』

『(千夏) わたしはこんなにもあいしているのに』

『(ハジメ) 悲報、授業を真面目に聞いているだけで最愛の彼女がヤンデレ化した件について』

普段から気安いやり取りだし、関係性を隠している中でメッセージアプリは僕らの高校生活を繋《つな》ぐものだったが今日は特に頻繁だった。

軽い口調に隠しきれない緊張、と、自惚《うぬぼ》れでなければ嬉《うれ》しさをにじませている彼女。

そんな一つ前の授業中のやり取りを思い出して口元を緩めると、僕は、南野千夏の目を見て笑って答えた。

「もちろん良いよ？　ただ、ついでに夕食の材料買っていきたいからスーパー寄って帰っても良いかな？」

「今日の献立は何にしよう」

「金曜日は肉が安いから、ガッツリ系もありだね」

実際買って帰るつもりなので嘘《うそ》ではないが、敢《あ》えてこの場で言うほどではない。

親しさを聞かせるためのやり取りにクラスの喧騒《けんそう》が増すのはあえて無視した。

いつもの彼女の友人には先に根回ししてあるし、僕の数少ない友人は元々こういう話題に興味がない。一応伝えてあるが。

さて、どうしてこんな僕に彼女が輝かんばかりの笑顔を向けてくれているのか。そんな当然の疑問に答えるためには、季節を少しばかり遡らなければならない。

一章　僕と彼女が出会った理由

僕が南野千夏と初めて会話したのは秋、桜坂《さくらざか》公園という坂の中腹にある公園の、入ってすぐの大きな木の下でのことだった。

名前の通り、春の季節には綺麗《きれい》な桜が咲くのだが、夏も終わり秋深くなる季節には、ほとんど人の気配は無いのが常だった。

そんな場所で、見たことあるような女の子が制服で蹲《うずくま》っているのが見えて、体調でも悪いのかと足を止めて慌てて近寄る。

「えっと、南野さん？　だよね。こんなところで大丈夫？　具合でも悪い？」

「……え？　あ、えっと」

驚いたように顔を上げこちらを振り向いた南野さんは、僕の顔を見て、そして意外そうな顔をして言った。

「佐藤くん？　……え？　走ってるの？」

格好を見て、ランニング中だと分かったのだろう。

それに頷《うなず》いて僕は答えた。

「まぁ、帰宅部だと身体《からだ》も鈍《なま》るし、家も近くだし、時間ある日はこのくらいの時間帯にこの辺走ってる」

「変なの、それなら部活やれば良いのに、わざわざ走るってことは運動嫌いなわけじゃないんでしょ？」

「あぁ、まぁそれよりバイトが……ってそんなことはどうだって良いよ、南野さん、体調が悪くて座り込んでたわけじゃないの？」

「へ？　あぁ、違うの――――」

そう言って身体を起こした先には小さなダンボール箱があった。そして、見えなかった胸元に小さな。

「猫？」

「うん、捨て猫みたい、すごい弱ってるみたいで」

一度だけ鳴き声がして、近寄ってみたらもうぐったりとしていたのだそうだ。

「うち、お母さん猫アレルギー酷《ひど》くて飼えないんだけど、でも見ちゃったから……ほっとけなくてさ、どうしようかと思ってたんだよね」

普段の彼女はいつも快活に笑っていた。

特に付き合いはないからよく知りはしないのだけど、いるだけでクラスの雰囲気が華やかになるような彼女のイメージは、陽のイメージ。

正直、あまり関わり合いになるつもりはなかった。ただ、そんな彼女が物凄《ものすご》く切なそうな、寂しそうな顔でつぶやくのを見て、柄にもなく何とかしてあげなきゃ、と思ってしまった。

『考えて、感じて、とりあえずやってみるといい』

この一年、よく告げられた言葉に従って、少しばかり考える。

答えは出ていた。

「……なるほど、わかった。とりあえず獣医さんに連れて行こう。後、流石にずっとは厳しいかもだけど、うちで一時的になら預かれるよ」

「え？」

僕がそう言うと、南野さんはその大きな瞳をより大きく見開いて声を上げ、僕の顔をまじまじと見つめてきた。

「何さ？　流石にこのままじゃあねってのは後味が悪すぎるからさ。……あ、それに、僕の家で預かれるけど、一時的だよ？　飼い主探しはしないとね」

南野さんは可愛《かわい》いと思う。

クラスの男子は同じクラスであることを運が良《い》いと言っているし、体育の合同のときも時折話題に出る。誰派、という男子の下世話な話題の中に名前が出てこなかったことはない。

まぁ、僕自身はその話題に参加したことはないけど。可愛いことには全面的に同意だ。

所属しているグループはランク付けをするならカースト最上位と言って良い女子たち。それでいて、輪から外れそうな女子も男子も分け隔てなく接し、自分の容姿や能力をひけらかすこともない。少なくとも、僕から見た彼女は絵に描いたような人気者でいい子だった。

そんな話したこともない可愛い女の子にまじまじと見つめられると流石に照れる。

視線から逃れるように、僕はスマホの画面を起動した。

近くの獣医さんを検索して、手早く電話番号に発信する。

そうして、唐突に電話を始めた僕に少しぽかんとしている南野さんをよそに、繋がった先の受付の女の人に事情を話し、獣医さんの予約をとった。

捨て猫を心配して電話してくるなんて、と何故《なぜ》か褒められた。僕が拾ったわけではないので少し罪悪感を覚えながら、顔を向けて南野さんに笑いかける。

笑顔を作るのは、バイトで慣れている。

「良かった、今からなら行けば診てもらえるって。予防接種受けてそうかとか、何ヶ月くらいかとか聞かれたけど、全くもってわからないから、とりあえず連れていきますってことで。病気なら薬もだろうし、栄養足りてないなら点滴とかもかな？　ちょっと途中家で財布を取って、行く途中のコンビニでお金おろして向かいたいから、ごめんだけど一緒に行ってくれる？」

家すぐそこだし、猫抱えたままコンビニ入れないし、と続けると。

「うん、それは勿論《もちろん》……っていうか拾ったの私だし。飼い主も頑張って見つけるつもりだけど――――え？　え？　佐藤くんってそんなキャラだっけ？」

「――――どう思われてたのかめちゃくちゃ不安になってきたんだけど……？」

「いや、だってさ、えっと………そう、何かめちゃくちゃ優しいじゃん！」

「ますます不安になってきた。さっきも言ったけど、流石《さすが》にこれでじゃあサヨナラって走って去る方がハードル高くない？　どんだけ冷たいと思われてるの僕」

「確かに！　ってそうなんだけどそうじゃなくて、うちらクラスメイトだけどほとんど話したこともないのに、私が座り込んでたからって心配して声かけてくれたしさ」

「普通じゃない？」

「もう、それを普通って言えるのが優しいって言ってんの！」

何故か少し怒ったような声で南野さんが声を出した。

そんなに真っ赤になってまで怒らなくていいのに。

目立たないって言っても、僕のコミュ力は、決して壊滅的というほどじゃなかったはずなんだけど、まだまだ女の子相手はレベルが足りていないらしい。

「あはは、とりあえずごめん。じゃあ弱ってるとはいえ鳴いてたならすぐやばいってことは無いと思うんだけど、急いだほうがいいよね。案内するからついてきてくれるかな……そのまま抱っこで行く？　ダンボールは僕が一応持っていくよ」

僕は南野さんを連れて、走ってきた道を戻って歩き出す。

南野さんはやはり興味深げにこちらを見つつ、頷いた。

「ごめんね、すぐ病院連れてくからね、もう少し頑張ってね」

「ニャア」

「あ……佐藤くん！　鳴いてくれたよ！」

「良かった、多分お腹《なか》が空いて元気が無いんだとは思うんだけど、病気とかじゃないといいね」

猫に話しかけながら僕の後ろを歩いてくる南野さんの腕の中で、弱々しくもきちんと生きている声を上げるその子猫は、白い綺麗な毛並みをした猫だった。

公園を出て、坂の道路を少し登ったところを右に折れた細い道沿い。

量産型、というと言い方が悪いけど、同じ設計でまとめて建設されたんですね、とわかるような住宅街の一角に僕の家はあった。

庭はなく、玄関脇の今は車の止まっていない駐車場には、僕の自転車がぽつんと止まっている。

４ＬＤＫで、一つ一つの部屋は広くはないけど、家族のそれぞれのプライベートスペースは確保したぞ、と父さんが言っていた。

住宅見学という名のデートに行った両親が値段と間取りに一目惚《ひとめぼ》れしたせいで、中学三年という中途半端《ちゅうとはんぱ》すぎる時期に引っ越すこととなり、部活も受験もあり転校したくなかった僕が、電車で行ける範囲だったから何とか通い続けることができたのは、当時はちょっとした笑い話だった。

「ちょっとだけ待っててね、ってか家の前に立っててもらうのも悪いから入ってる？　早く連れて行ってあげたいし、財布取るだけでもいいんだけど、流石に走るわけじゃないなら上着も羽織りたい」

「あ、じゃあ玄関で待たせてもらうよ、そういえば預かる話って親御さんにはしなくていいの？　私も挨拶くらいしたほうが良いかな？」

「大丈夫。後、今は僕しかいないから気も遣わなくていいよ」

「なるほど、親の居ない家に女の子をさり気なく連れ込むとは、これはますます佐藤くんのイメージが変わりますなぁ。優しい上に色男かな、それとも真面目そうに見せかけてチャラ男なのかな？」

「まさかのイメージダウンで笑う」

そんな話をしながら鍵を開けて入り、南野さんを迎え入れる。

お邪魔しまーす、と言いつつキョロキョロと見渡す南野さんを玄関に待たせて、僕は足早に二階に上がった。

玄関を入ってすぐの階段を上がって左側、そこが僕の部屋だ。

帰ってきて脱いだ制服と、財布が床に落ちているのを見て拾って、さっと上着を羽織って降りていくと、玄関に腰掛けて、もうすぐ元気になるからねー、と子猫に話しかけている美少女がいた。

（これは人気が出るのもわかるな）

何というか、可愛いだけではなく愛嬌《あいきょう》があるというか。

それに間合いの取り方がうまいのだろう、不快ではないが他人行儀でもない、そんなパーソナルスペースの距離を保ってくれている気がした。

ただ、ちょっとした違和感はあったが、それが何なのかわからない。

(まぁいいか、ほぼ初対面みたいなものだしな)

「ごめん、待たせたね、行こうか。南野さんは寒くない?」

冬には遠いとは言え、日が暮れると肌寒くもなってきた。

そんな中、短めのスカートで寒くはないのだろうか、座っている彼女を見て、ふと聞いてみる。

「ん? 寒くても大丈夫、この方が可愛いし」

片手で子猫を抱きながら、僕の視線の先でぴらっとスカートの裾を持つ南野さん。

流石に目が泳ぐと、ふふっと笑って言う。

「大丈夫だよ、中にショートレギンスも穿《は》いてるから」

「いや、それが何なのかわからないけど直視する勇気はないから」

「紳士だね、それともヘタレ?」

「前者を希望する」

そんなことを言いながら、外に出て、鍵を閉める。

左腕に付けた時計を見る。

一六時半。日が落ちるにはまだ時間はあるが、その後のことも考えたら急いでおきたい。

「行こう、こっちから駅の方に歩いていく途中にあるはずだから」

「めっちゃ学校から近くて羨ましいね、家。うちも遠いわけじゃないけど、電車乗らないとだからなぁ」

「あぁ、家から近いとこを受けたから。ここまで近いのは運が良かったけど。南野さんは電車通学なんだね」

「そ、豊田《とよだ》から二駅、西八《にしはち》から歩いてすぐだね、遠くはないけど、佐藤くんの家くらい近ければ、朝もっと寝れていいなぁって」

「そんなイメージはなかったけど、朝弱いの？」

「違うよ、お弁当とか作って、メイクとか色々あるのよ、女子的には」

手を伸ばせば届く程度の、でも程よい距離感で、僕と南野さんは歩いていた。

僕らの前では、手を繋《つな》いだ中学生くらいだろうカップルが制服姿で歩いているのが見える。

学校から直接駅に向かうルートとは違うため、同じ高校の制服はほとんど見ないがゼロではない。人気者の彼女が、男と歩いていたとなったら噂《うわさ》が飛び交いそうだな、僕はそんなことを思って、ふと質問する。

「他意はないんだけど、僕なんかと二人で歩いてて大丈夫なんだっけ？　ほら、彼氏とか」

「残念ながら私に彼氏はいませんー、まぁキミが気にしてくれてることもわかるけど、大丈夫だよ、黄昏時《たそがれどき》だし、佐藤くんは制服でもないし」

「そっか、ならいいんだけど」

「ふーん、それにしても流れるように私に彼氏が居ない情報を得るとは中々やるね、その情報を得て佐藤くんはどうするつもりなのかな？」

「いや、自白まで相当早かったけど」

「くっ……私の情報は渡しても、どんな脅しを受けてもこの子は渡さないからね」

「急に何のシチュエーションなのさ、まぁ、その子を助けるための軍資金おろしてくるからいい子にしててね」

会話をしているうちに到着したコンビニのＡＴＭに向かって、財布からキャッシュカードを取り出してお金を下ろした。手数料を取られるが仕方ない。獣医さんは現金ニコニコ払いだけなのだ。

「とりあえず三万くらいあればいいかな」

バイトをしているのもあるし、色々と教えを受けながらそれなりに稼ぎはある。

道すがらに調べてみたところ、点滴の静脈注射やもしかしたら予防接種などは、それぞれ数千円程度だった。後は猫を置くための諸々《もろもろ》も購入することを考えると、その程度持っておいたほうが良《い》いだろう。

(選択肢、か。確かにその通りだね、叔父さん)

『お前の気持ちはわかる。でもお金に綺麗《きれい》も汚いも無い。選択肢を狭めないためにも、自由を得るためにも、きちんと学びなさい』

僕に色々教えてくれている、恩人に告げられている言葉。

割と突発的に行動しているが、考えて獣医に連れて行こうと思っても、確かに先立つものがないとできないのを思うと、今更ながらに言われていたことが腑《ふ》に落ちる。

そう思えるようになった程度には、時間が過ぎた。

機械音を聞きながら、お金が出てくるのを待っている間にそんなことを考えていると、お金とカードと明細が出てきた。

財布にお金を入れて顔を上げ、窓の外を見ると、南野さんがどこか所在なさげにしているのが見える。夕日の中、黒髪の美少女が、白猫を抱いて佇《たたず》んでいるのは、ガラス越しなのもあってか、まるで一枚の絵のようだった。

「あぁ、なるほど、わかった」

先程から覚えていた違和感の正体に気づいて、少し考えると、僕は外に出た。


結論から言うと、子猫の体調は問題なかった。

コンビニから歩いてすぐの場所に、その獣医さんはあった。

電話をした佐藤です、と受付のお姉さんに声をかけ、南野さんが子猫を診せる。

若く優しそうな男性の獣医さんだった。

高校生の僕らに対しても丁寧に説明して、危なげない手付きで静脈注射を打っていった。

もしかしたら、何かの病気だったりしないか、少し不安だった僕の気持ちが伝わったのか、獣医さんはにこやかな顔でゆっくりと告げた。

「うん、大丈夫だね。栄養失調になりかけだけど、ひとまず点滴を打って、後はゆっくり寝かせれば元気になると思うよ」

「良かった」「良かったです」

僕たちは顔を見合わせて、ほっと一息をついた。

「君たちは良いことをしたね。ありがとう」

大人に面と向かってお礼を言われるのは初めてで、ちょっと照れてしまった。

僕の家で預かることを言うと、受付のお姉さんがどこかに電話をして、猫の初心者セットというのを近くから取り寄せてくれることになった。

猫を入れて持ち運びできる簡易ケージと、猫用トイレと猫砂、爪とぎと、餌と水の器。

買いに行こうかと思っていたが、ここで受け取れるというのなら非常に助かる。

少し待ち時間が必要と言われて、僕と南野さんは、二人で待合室の長椅子に並んで座っていた。

「お金、半分払うね。調べてみて金額びっくりした」

「いや、いいよ。僕のところで預かるし、その辺は気にしないで」

「え、だめだよ。うちが拾って、佐藤くんは巻き込まれただけなんだから」

「大丈夫、むしろさ、飼い主を探すっていう方が僕にとっては難題だから、そっちはほぼお任せになっちゃうけどごめんね」

「それは勿論《もちろん》だけど、その、いいの？　ご家族にも迷惑かけちゃわない？　本当に今更だけど」

彼女が気にするのも尤《もっと》もだろうなとは思った。

ただ、その心配はいらない。それをどう話すか迷っていると、こちらを見ていた彼女は首を振った。

「あ、ごめん、何か言い辛《づら》いなら良いんだ、ありがとう。甘えるね、ただ、お金は半分払わせて、今は持ち合わせがないけど、後で払うから。これは譲れない」

「……………わかった。じゃあここはひとまず出すけど、割り勘で」

「ありがとう、やっぱり優しいね、佐藤くんは」

そう言ってこちらの目を見て話す彼女から、少し目線をそらして、この言葉を告げるか迷った。

僕と彼女は、偶々《たまたま》子猫が捨てられているところに居合わせただけ。

「佐藤くん？　ごめん、何か気に障った？」

首を傾《かし》げ、僕のそらした目線の先に南野さんの顔が映る。

その大きな瞳で見つめられると、少しばかりのお節介の気持ちが大きくなった。

そして、やはり最初から覚えていた違和感が的外れじゃないような気がして、呑《の》み込むには既に気持ちが悪かった。

勘違いなら勘違いでもいいか、そう思って僕は南野さんに身体《からだ》を向けた。

「あのさ、南野さん、ちょっといい？」

「え？　はい」

改まって名前を呼んだ僕に、南野さんが少し緊張したように返事をする。

そんな南野さんに僕は思ったままに言葉を紡《つむ》ぐ。

「大丈夫だよ。僕は南野さんのことを嫌わない」

僕の言葉に、南野さんは黙った。

僕の違和感は正しかった。

顔立ちが変わったわけではない、笑顔もそのままだ。

でも少しだけ、彼女の身に纏《まと》う何かが揺らいだ気がして、最後まで言い切る。

「勘違いかもしれないから聞き流してくれても良いんだけどさ。誰とでも、平等に仲良くなろうと頑張りすぎなくてもいいと思う。今日はじめて喋《しゃべ》った僕が言うのも何だけど、南野さんは十分皆に好かれてると思う」

「………………」

南野さんの方を見ると、少し驚いた表情で固まって、瞳を大きくしていた。

大して仲良くもない冴《さ》えない男子からの言葉だが、本心だ。

言われたことの意味を咀嚼《そしゃく》する時間も必要だろうと、僕は何も言わずに無言の時間を待つことにした。

そこから、猫用品が届いたのと、検査が終わったと呼び出しが来るまで、南野さんは一言も喋ることはなかった。

僕もまた、沈黙に身を委ねていた。


僕がトイレと小物を抱えて、南野さんがケージに入れた子猫を抱えて歩く。持ち手があるので助かった。子猫はケージの中で運ばれながらまだ寝ているようだった。

一〇分程の距離だが、持ちにくいトイレを抱えて歩くのは中々に重たい。

本当は、全て自分で持って、ここで別れるつもりだったが、僕の手の長さでは流石《さすが》にケージとトイレの同時持ちは難しかった。

来るときとは違って、無言の中を歩く。

本格的に日が暮れ始めて、南野さんがどんな表情なのかはわからなかった。

「佐藤くんは、何だか不思議な人だね」

そう、南野さんが口を開いたのは、僕の家の前についた時だった。

玄関を開けて、トイレの入った箱を下ろす。

「結構自分じゃ平凡だと思っているけど？」

「言い方が悪かったか、佐藤くんは、人のことをよく見てるんだね」

「そうかな？　そんなことないと思うけど」

「だってさ、うちのこと、すぐ見破ったじゃん」

ぴしり、とまるで犯人を言い当てる探偵のように、僕を指さしてそう言って、続けた。

「それにさ、さっき言われてから色々思い返してみてたんだけど、佐藤くんって学校でも目立たない感じで色々してるよね？　掃除の時だったり、ちょっとしたクラスの行事のときとかも、何となく人数足りてなさそうなとことかにすっと入ってるっていうか、何というか、目立たないんじゃなくて、目立たないようにしてる」

「そう聞くと、まるで凄《すご》い能力を抑えてる系主人公みたいで、それは買いかぶり過ぎな気がするけど」

どうやら、無言の時間は回想と分析だったらしい。

怒っているわけではなかったのかと思いながら答えて、そして、内心なるほど、とも思った。

僕が気づくことは、彼女もまた気づくのだ。

僕のこれは見破った、というほどのことではない。南野さんに違和感、というか少しの無理を感じ取ったのは、多分同族に対する親近感に近いのではないだろうか。

彼女は誰からも好かれるように仮面を被《かぶ》っている。

嫌われないように、敵を作らないように、なるべくニュートラルでいられるように。

あたかもゲームで好感度コントロールをするように。

対して僕は、目立たない立ち位置にいる。

とは言っても本気を出せば目立てるとかそういうわけでもないけど、敢《あ》えて目立とうとすることもなければ、深入りすることもない高校生活を送っている。

入学当初は少しばかりの悪目立ちをしたものの、それも季節を跨《また》ぐほどではなかった。

孤立するほどにも目立たない。一芸でも目立たない。

勉強でも赤点補習になるわけでもなく、目立つほど上位の成績でもない。

運動も、悪目立ちするほど不得意ではなく、程々に体育の授業をこなす程度。

だからだろう、ある意味で僕は南野さんにとってはクラスメイトの中で最も関わりが薄い人間だったはずだ。フォローするほど孤立もしない、自分からは近づいてこない。そんな顔見知り程度のクラスメイト。

それにもかかわらず、彼女の僕に対する距離感は、クラスの仲の良いとみなされている男子生徒と変わらなかった。

分け隔てなく接している。と言えば普通のようにも思うが、少しばかりの違和感を覚えた。

僕が防衛本能的にそうしているように、彼女もまた、別の方法で立ち位置を調整しているんじゃないかと、そう思った。

別に放っておいても良かった。

ただ、僕にも可愛《かわい》い女の子には優しくしたいという気持ちも無いとはいえないし、それに、彼女は一度も『二番』と呼ぶことも、話題として聞くこともなかった。

だから、無理をして窮屈になりそうなくらいなら、こんな他に見ている人も居ない状態で、目立たない僕の前でまで、無理を通す必要はないとそう言いたくなっただけだった。

「他人に嫌われるの、怖い？」

幾分か肩の力が抜けているような気がして、せっかくならとそんな質問をしてみる。

「そうかもしれないけど、ちょっと違うかも……ねぇ、佐藤くんってこの後時間あるかな？　迷惑じゃ、なければなんだけど」

それに対しての回答は、先程までの距離感から少し近い気がした。

「僕はいいけど、そっちこそ大丈夫なの？　門限とか」

ここは僕の家だ。

時間があるかというと、猫のトイレを組み立てて準備をする他は、今日のところは後は課題をやったり漫画を読んだりゲームをするくらいだった。

つまり時間はある。ただ、彼女はそうもいかないだろう。

遅くはないが、早くはない時間だ。

「何かさ、ちょっと勢いで話したくて、お邪魔していい、のかな?」

正直、目立たない童貞男子からすれば、願ってもない話なのだろう、現実味はないが。

「いいよ。えっと、ただ一言、これだけは念のため言っとくけど、親は帰ってこないから」

「う、全然知らないのに何を、と思うかもしれないけど、目線や今日のこれまでで、佐藤くんは無理にそういうことしないと思ったから、うん、信用してる……………大丈夫、何かしようとしたら潰すから」

「前半部分が台無しな脅しをありがとう」

夜に男女が二人きり。

そういうつもりはないが、念のため伝えると、返ってきた、何を、とは言わない脅しにキュッとなった。

――――何が、とは言わないが。

白い子猫はまだケージに敷かれたクッションに丸まるように眠っていた。

水とご飯は言われたとおりに用意して、トイレにも元々いたダンボールの切れ端を少し混ぜて、猫砂を入れてあげる。

話をしたいと言って上がってきた割には、南野さんは一言も発することはなく、リビングのテーブルの前の椅子に座り、とりあえずと出したコーヒーにミルクを入れて飲みながら僕が用意する様子を静かに見ていた。

「どうかした？」

一通りを終えて、僕もまた、向かい側に座ってコーヒーを一口飲んで、こちらをじっと見ている南野さんに声をかける。

うん、インスタントでも十分美味《おい》しい。

「何か、家事手慣れてるな、と思って。その、猫のための場所を空けたりとかコーヒー淹《い》れてくれたりとか、動線が」

「まぁ、いつもやってるからね」

「何だか知らない佐藤くんが沢山だね」

「お互い様じゃないかな、ほら、喋ったの今日が初めてだし」

「そうだよね、不思議、まさか佐藤くんのお家《うち》に連れ込まれて、コーヒーを頂きながら二人で話すことになろうとは」

「上がり込んできてコーヒーを飲んでるのは南野さんだけどね。上げたのは僕だけど」

「佐藤くん、兄弟はいたりする？」

「………一つ下に妹が一人」

「ふーん、だからかな、佐藤くん女の子と話すのに自然体な感じがするの」

「そう？」

「うん、そうだよ」

ズズ、とコーヒーを飲む音が響く。

『おにいはさ、普通にしてればまぁ普通なんだから、人の友達と話すのにキョドらないでよ』

『ほらほら、可愛い妹が訓練してしんぜようではないか』

確かに自称可愛い妹によって、妹の友人と共に話の訓練をさせられたことはある。

今更その効果でも表れたのだろうか、そんな事を思いながら、そろそろ探り合いは良《い》いだろうと本題に入る。

「で、話がしたいって？」

「あ、うん……」

もう一口、コーヒーを口に含むと、南野さんが恐る恐るといった感じで言葉を発した。

「……あのさ、うちと友達になってくれない？」

「一応、親密度はともかく友達にはなってるつもりだったんだけど」

今日一日で、結構話もしたし友達だと思ってたらまだだったらしい。

「いや、そういうことじゃなくってさ。嫌われないようにとかさ、そういう気を遣わなくて良い友達ってこと」

「あぁ、なるほど。八方美人モードを解除したいってことね」

「ふふ、言い方。でもまぁ、そういうこと、ってかもうほとんど解けちゃってるけど」

あーあ、と南野さんが伸びをする。そうすることで、少し制服の胸元が強調される視線の引力から、猫の様子でも確認するように僕は視線をそらした。

どうも、相手の顔色を気にしたり、影響を意識したりしないで済む友人関係を、多分本来普通そうあるべきであろう関係を彼女は御所望らしかった。

「いいよ。いや、これだとちょっと違うな。――南野さん、僕と友達になってください、と言った方がいいのかな」

これもまた、乗りかかった船だと思った。

それに、今日はお節介の日な気がした。子猫のことといい、先程の一言といい。

「っ……ふふー、仕方ないなぁ」

「急な上から目線乙」

むふふ、といいたずらっぽい表情で、南野さんが柔らかく笑う。

ありがとう。そう声に出さずに唇の動きで表すのに、つい見惚《みと》れてしまった。ずるい。

「で、やっぱり怖いの？　嫌われるの」

せっかくなので、聞く。

多分、それを話したいんだろうから。

「んー、さっきも言ったけどちょっと違うんだよね、長くなるかもなんだけど、聞いてくれる？」

「いいよ。ただまぁ、時間的にご飯の用意しながらで良い？　せっかくだから食べてく？」

長くなるなら、話し終わる頃にはお腹《なか》も空いていることだろう。

それに、何となくだけど、テーブルでお互いの顔を見合って話すよりも、そっちの方が良い気がした。

「えー、そっちから質問しといてそれ⁉　結構重い話しようとしているんですけどー、ながら聞きはダメなんだよー！　……ってご飯？　佐藤くんが作るの？　え、食べたいんですけど」

「質問してあげたのは様式美的なものだから。後ほら、腹が減ってはなんとやらって言うじゃん、大丈夫、料理作りながらいつもラジオ聞いてるからちゃんと話も聞けるよ」

「勇気を出して話そうとしていることを聞き流しラジオ扱いしないでほしいんだけど」

むー、と少し膨れつつ、キッチンに向かう僕の背中に向けて、南野さんは過去を話し始めた。


南野千夏は小さな頃から可愛かったのだという。

両親どころか祖父母にも海外の血は入っていないが、どこか東欧の血も入っているかのように目鼻立ちは整っていた。

それこそ、何度かモデルにもスカウトされ、雑誌にも載ったことがあるほどだという。

「小学生の割には身長も高かったしね、高身長モデルって期待されてたみたい。まぁ成長は中学で止まっちゃったのもあって辞めたんだけど」

そして、小学校から中学に上がり、男子も様々なものに目覚め始めると、それこそ告白の嵐だったらしい。

まぁそれは僕にも想像がつく。

可愛い上に元々活発で性格も明るい。しかも元モデルという属性までついているとなればそりゃ人気も出るだろう。

女子からも嫉妬はあったものの、成長するに従い身長はともかく美貌は増し、本人の性格にも不備はない。それでいて勉強も運動もできる彼女に対して、攻めるべきところが無い女子たちは戸惑い、仲良くなる道を選ぶ方が多数だった。

「まぁ、ちょっとしたイジメみたいなのも無いわけじゃなかったんだけどさ、あんまり当時は何でもなかったんだよね。来るなら来いよ、みたいな感じで」

また、告白の嵐の中で、友人だった女子からの勧めで、とりあえず付き合ってはみたりもしたという。

「今にして思えば、自分で言うのもあれだけどさ、かなりのモテ方だったからさっさと誰かとくっつけてしまいたかったんだろうね。それで、付き合ってみたら好きになるかも、とかそんな風に言われて、こっちも経験ないからそういうものかと付き合ってみても全くそんな気配はないし、相手は爽やかイケメンとか誠実とかの評判だったのに、同級生だろうが先輩だろうが高校生だろうが二人きりになったらすぐ盛ってくるし。告白の時言ってた、ゆっくり友達から始めようじゃなかったのかよって感じで」

「……………まぁ、健全な男子だからね」

そりゃこんな美少女が彼女になったら、中学生男子が欲望に打ち勝てるとは思わない。

「でさ、流石《さすが》に恋人なのにそういうこと嫌だって断り続けるのも失礼だし、面倒じゃん、だからと言って無理してまでそういうことしたいわけでもないから別れるわけ。それを何サイクルか繰り返したのよ」

そうすると悪い噂《うわさ》も出る。

南野千夏は男を取っ替え引っ替えしているビッチだ、と。

前に通っていたのはどうも中高一貫校だったらしく、学年を超えた繋《つな》がりがあり南野さんは有名な分元々陰口も多かったのだとか。

「正直ふざけんなー、って感じだったんだよね、彼氏が居ない状態だと、さっさと誰かとくっつけオーラを出して無責任におすすめしてくるしさ、しかも男子は男子で勝手に仲間内で盛り上がって告白してくるし。真面目に来られたらそれはそれで聞かないといけないけど、昼休みと放課後の時間奪われるし。だからある程度の時期からはもうバッサリ断りまくってたわけ」

そうすると、やっかみからも逆恨みからも敵が多くなる。

それでもそれなりに楽しくはやっていたのだという。ある時までは。

バランスが崩れ始めていたのに、当時の南野さんは気づけなかった。

「親友だった子がいたんだよね、小柄で可愛《かわい》くて、勉強が凄《すご》いできて、優しくてさ。クラス委員とかやってる真面目な子だった。隣の席になったのがきっかけで、私の悪い噂とかも全然気にしないでいてくれて、だから、陰口とかあっても、何だかんだ楽しかった。この子が居てくれるから、少なくとも私はそう思ってた」

切なげな声で、南野さんが言う。

顔は見えないが、きっと僕は背中を向けていて良かったと、そう思った。

「うん」

「それがある時、うちに急に言うわけよ」

『私の好きな人、私の彼氏、盗《と》らないでよ、千夏ちゃんは何でも持ってるでしょう？　何で人のものを盗るのよ？』

当たり前だが、南野さんには盗った覚えはなかった。

別に、特別仲良くしたつもりはなかったが、親友の彼氏ということでそれなりに話していた。

当時の南野さんは、仮面を被《かぶ》っていなかったし、親友の彼氏ということで安心もしてしまっていたのだという。

それが駄目だった。

色んな男子からの告白を断り、全然男子と喋《しゃべ》らない美少女が、自分だけとは話してくれる。

そんな勘違いに陥ったその親友の彼氏は、ころっと南野千夏に惚《ほ》れた。

『千夏のことが好きになったから、もう別れようって。何で？　何で人の彼氏に色目使うの？　色んな人から彼氏奪って、私からも奪うの⁉』

「そんなの知らないよ⁉　って言いたかった、というか言った」

でもね、と彼女は続ける。

彼氏を盗られたとさめざめと泣くおとなしい子の方が正義で、美人で派手で、泣いてもいないうちは悪なのよ。

しかもその後、親友の彼氏がフリーになったからと校舎裏で告白してきたのだという。

そんなの勿論《もちろん》断った。だが――

『何でだよ？　お前のために、お前のために別れたのに！　思わせぶりなことばっか言いやがって』

『ふざけないでよ、勝手に惚れて勝手なこと言わないで！』

そう逆恨みの如《ごと》く激高した彼に押し倒され、すんでのところで揉《も》み合《あ》いになるところを見回りの教師に助けられた。

「でさ、助けられたものの、教師も噂は知ってるわけ。言ったセリフが『これに懲りて真っ当に人付き合いしろよ』ですって。そこで、なんだかプツンと糸が切れちゃった」

それに、黙って聞いていた僕も、流石に感想を呟《つぶや》いてしまう。そして、続ける言葉に迷って、謝罪の言葉を選んだ。

「それは、ひどいね…………同じ男としても、何ていうか、ごめん」

「ふふ……そこで、そう言ってくれる佐藤くんだから。距離感をきっちりすり合わせてくれようとするから、こうして、うちはこんな話ができているのかも。ありがとう」

そう僕の言葉に南野さんは笑ってくれて、そして、話を続けていく。

それからというもの、南野さんは誰に対しても平等になったのだという。

付き合うこともせず、イケメンだろうが陰キャだろうが、寄ってくる人間には分け隔てなく接する。

自分の事を嫌ってそうな人がいれば、男女関係なく話しかけてそれなりに仲良くなる。

ただし、恋人も親友も作らない。

とはいえ、もうその学校にはいたくなかった。

平等とは言っても、二度と話したくない人間もいる以上、差が出てしまう。

何より、もう噂にも人間関係にも疲れていた。

このまま中学から高校に持ち上がることに耐えられそうになかった。

「だからさ、普通は内部進学で高校に進むんだけど、ちょっと親には無理言って今の高校を受験したの、女子校も考えたんだけどそれはそれで本当に逃げた気がしてさ、学力に無理のない範囲の共学で、家から通いやすいとこって考えて」

「………疲れたのに、高校でも人気者はやってしまってるんだね」

僕が振り向いて、できた料理を並べながら言うと、南野さんは苦笑いした。

「その通りなんだけどね、ちょっと入学の時にも思った以上に目立っちゃって、引っ込みがつかないまま、ね。だから、さっきキミにずばり言われた時は、もうなんか張り詰めてたものが結構気が抜けちゃったんだよね。…………あー、初めて人にこんなこと話した！」

「少しはスッキリした？」

「うん………ってか凄いね、おかず一品だけじゃなくて、サバの味噌《みそ》煮に、生姜《しょうが》焼きにサラダ、味噌汁《みそしる》までついてきてるのにびっくりなんだけど」

「サラダ以外は冷凍を解凍しただけ、味噌汁もインスタント。だから逆に味は保証するよ。これ食べたら帰って風呂《ふろ》入って寝るといいよ。それにまた、話くらいは聞くよ、友達だから」

「あ…………うん、ありがとう」

そう言った南野さんは、どこか肩の荷が下りたような顔で、素直だった。

◇
◆

南野千夏は、一人で駅までの道を歩いていた。

先程まで一緒だった男子生徒、佐藤くんは送っていってくれようとしていたが、ちょっと一人で歩きたい気分だったので、断ったのだった。

(今日は、何か凄い日だったな。今朝はあんなに、もう何もかも嫌だって思ったのに、いや、今でも思ってるけど、何か不思議と軽くなった気分)

南野千夏の本日は、人生最低と言ってもいい幕開けだった。

わかっていたことだったけど、正式に両親の離婚が決まったというのを聞いたのが朝のこと。

父親は、もう家から出ていっていて春からいない。

薄々わかっていた離婚理由が父親の不倫だったと聞かされ、慰謝料の話や、千夏の養育費はきちんとさせるから、と父親の悪口とお金のことばかりを話す母親も、あんなに家族第一、みたいな顔をしてあっさりと妻子を捨てた父親も、そして、それに何も言えない自分のことも、何もかもが嫌になって衝動のまま母親を置いて学校に向かった。

制服を着て、学校のある駅に降りると自然と仮面を被ってしまうようになった。

どんなにしんどくても、『南野千夏』を演じられる。

そういう風になってしまった。

明るくて、孤立した人も放っておけない女の子。

男の子と話さないわけじゃないけど、友達付き合いだけで彼氏は作らない。連絡先を聞かれることもあるけど、未来の彼氏しかうちのスマホには入れないんだよね、って頑《かたく》なに教えないので、実は理想が物凄《ものすご》く高いんだって話になっているのも知っている。

恋をするより、友達の恋を応援する方がいいと、私はあなたたちの敵じゃありませんよアピールは欠かさない。

中学の頃を知る人が居ないおかげで、あの頃に比べたら全然楽だ。

でも時々思ってしまう。

本当の自分の顔はどこ?

家ですら素で居られなくなったら、一体どこで本物の南野千夏になれば良いんだろう?

何となく、今日は朝のことがあって気持ちがしんどくなったので、先生に頼まれた用事にかこつけて一人で帰ることにした。

公園側の道から帰ったのは、ただの気まぐれだった。

家にまっすぐ帰りたくなかったのかもしれない。でも帰らないといけない。

そんな気持ちで、何となく駅の方向に向かいつつ、脇道にそれてみた。

ニャア――――。

その時だった、か細い、何かを訴えるような鳴き声が聞こえたのは。

思い出しながら歩く。

少しだけ、本当に少しだけ、心臓の音がいつもより頑張っている気がする。

もしかしなくても、高校になって関係をまっさらにした後、男子生徒で初めて千夏のメッセージアプリに入った彼のせいだった。

（全然、『一番』じゃなかったし）

本人も周りも受け入れているが、そんな呼び名で呼ばれることもある彼。そもそも分け隔てなく接する意図もあり、呼ばないと不自然になるほど浸透していなければあだ名で男子を呼ぶことはないけれど、そうでなくてもそう呼ぶのは嫌になった。

異性として好きなわけではない、と思う。別段顔が好みというわけでもなかった。何というか、髪を染めるわけでもなく、ボサボサなわけでもなく。普通の髪型に普通の顔立ちで、人混みに紛れたら埋もれてしまいそうな彼。まぁ、嫌いでもないけど。

それ以前に、中学の頃のこと、父母のこと。千夏には『好き』がよく分からない。

ただ、ありのままで良《い》いと許されるのは、その上で嫌わないと言われるのは、思った以上に解放感のあるものだったし、盛大に愚痴って、ご飯まで食べさせてもらって、気持ちだけではなく身体《からだ》が軽くなった気がする。

それに――――。

あの時、捨てられている真っ白な子猫を見て、どうしようもなく自分に重ねてしまっていた。

「助けたい」と思いながら、『助けてよ』と叫んでいた。

助けに来る誰かなんているわけないのに。

でも、来た。

そんな、どうしようもない虚無感で座り込んでいた自分を見つけてくれた。

ほとんど絡《から》んだことなんてなかったのに、色々やってくれた。

隠していたはずの仮面を剝がされて、内面を吐き出させてくれて、何故《なぜ》かご飯を作ってお腹《なか》いっぱいにしてくれた。

「……まるで私も拾われたみたい」

ボソッと呟いて、そんな自分に赤面する。

そのまま、早歩きで駅まで向かう。見送ってもらうのを断って一人でよかった、そう思った。

電車に乗って、スマホを開いてメッセージアプリを起動する。

『(南野) 今日はありがとう、無事に駅について電車に乗ったよー』

『(佐藤) よかった』

短いが、すぐに返信が来た。

もしかしたら、風呂に入らずに待っていたのかもしれない。そんなことを思って少し頬が緩んだ。

『(南野) そういえば、あの子の名前ってどうするんだっけ?』

『(南野) 佐藤が決める?』

二駅分のやり取り。

『(佐藤) 一時的に預かるだけだから、名前つけないのかと思ってた』

『(南野) でも呼ぶときに困るっしょ? まだ寝てる?』

『(佐藤) 寝てる』

『(佐藤) 猫の名前か、拾ったのは南野なんだから、そっちでつけてよ』

『(南野) おけ、でも佐藤も一応考えててよ、明日発表ね』


佐藤くん、南野さんから敬称を抜くことを要求したのは、連絡先を聞いた玄関だ。

飼い主を探すし、クラスではこれまで通り関わりがないようにするのがお互いのためにも良さそうだった、それなら連絡取り合うのに絶対必要だから、と自分から聞いた。

そういえば連絡先を、聞かれる前に聞くのは初めてだった。

自分に連絡先を聞いてくる人は、もしかしたらこんな風に緊張して聞いてきていたのか、スマホから顔を上げて、電車の窓から流れていく街並みを見ながら、ふとそう思った。

スマホのバイブ音で目が覚めた。

僕は割と規則正しく目が覚める方だ、だからわかる、いつもより早い気がする。

『(南野) おはよう、起きてる?　名前考えた?』

案の定、いつもより早い時間だった。

バイト先もサークルの仲間も、基本僕に連絡してくる人間は夜型が多い。

朝からメッセージが入っているのは新鮮だった。

――あれ以来面倒になったからさ、高校に入ってから、男の子の連絡先登録するのは君が初めてだよ。

――うん、ＩＤ来た、売らないでよ?　我ながら高値がつきそうだけども。

別《わか》れ際《ぎわ》、送っていくと言うのは断られつつ、連絡先を交換した時の会話を思い出す。

そして、そういえば猫がいるんだった、道理でリビングのソファで寝ているんだったと思い出した。

あの後、子猫は起きて一度だけトイレに行った。

ちょっとそわそわしながら見ていたが、おしっこをしていたようだったのでホッとする。

もしも、尿が出ていなかったり、ぐったりしていたら連れてきてください。

先日の獣医師《せんせい》にそう言われていたからだ。

その後も、子猫はずっと寝ていた。

僕は、何となくスマホを見ながら、ついつい気になってリビングで夜を明かしてしまったというわけだ。

とは言え、流石《さすが》に学校を休むわけにはいかない。

餌と水ときれいなトイレさえあれば大丈夫というのはネットの総評だったが、今日は学校に加えて家じゃできない方のバイトもある。勢いで一時的に預かる、なんて言ったものの、この子猫がどのくらい一匹で平気なのかわからないままだった。

ソファから垂れ下がった僕の手の先に、押し付けられる濡《ぬ》れた感触。

正確にはわからないけれど、生後四ヶ月ほどで、おそらくしつけもされているから、ペットショップから買われてすぐに捨てられたんじゃないかという話だった。

僕には理解ができないけど、高いお金を出して買ったのに、いざ飼い始めるとなんか違うと捨ててしまう人がいるのだとか。

グルル、グル。

とはいえ、そんな人間の事情とは関係なく、今僕の手の甲に頭を擦《こす》り付《つ》け、喉から音を鳴らしている白い子猫は、朝から心を穏やかにしてくれる。

「おはよう、今日から少しの間、よろしく頼むよ」

猫は孤高、と聞いたことがあるけれど、随分と人懐《ひとなつ》こい猫だった。

思いつき、写真を撮って、『無事、名前はまだない』、という文言と共に返信を送る。

返事はすぐに来た。

『(南野) めっちゃかわいい』

『(南野) 朝起きたら猫とか羨ましすぎ』

『(南野) あ、昨日撮った猫の写真とともに、何人か心当たりありそうな人に頼んどいた』

返事を見て、少し迷った末に、立ち上がった足に今度はまとわりついている猫を見て、再度返信を送ろうと思って、打っている最中に来たメッセージに手が止まった。

『(南野) あのさ、今日も見に行ったら、迷惑?』

別に何かの合間に打っているのかもしれない。

ただ、前三つの送信の速さと、それに少しテンポがずれて送られたメッセージに、おずおずと、という雰囲気を感じて、何となく天井を見上げてしまった。

考えて、感じて、決めた。

『(佐藤) 相談があるんだけど』

「シロちゃんにいつでも会えるのはめっちゃ嬉《うれ》しいんだけどさ。……まさか、出会って二日目で合鍵持ちの関係になるとはね」

「出会って二日ではないし、事情も事情でしょ、敢《あ》えて何かありそうな言い方しないでほしいなぁ」

放課後、僕の家のリビングでソファに座って白い子猫を抱きながら、南野は寛《くつろ》いでいた。

よく寝てよく食べていることもあるのか、それとも生まれが良いのか毛並みはとても艶《つや》やかで、南野に撫《な》でられながら気持ち良さそうに膝の上で丸まっているのは、確かに猫を飼いたい人が跡を絶たないのも理解できる可愛《かわい》さだった。

「にしても、友達付き合いは大丈夫なの？」

そんな南野を横目に出かける準備をしながら、僕はそう問いかけた。

昨日の今日で、一緒に帰らなかったり、放課後残ることもなく早く出たりするのは大丈夫なのだろうか。まぁ大丈夫なのだろうが。

「あー、ちょっと家庭の事情で猫預かることになってさ、って言ってある」

「真実も混ぜてるあたりに嘘《うそ》の熟練味を感じるね」

「まぁねー。……ところでさ、うちも佐藤に質問して良い？」

そう言いつつ、南野はこっちに首だけ向いて、尋ねてくる。

「答えられることなら」

「佐藤って一人暮らしなの？」

「……そうだよ」

「そっか、まぁそうだよね。流石にこれだけご家族の人に会わなくて鍵も渡されるとわかる。友達でも父親の出張にお母さんもついてった子がいるけど、佐藤も家庭の事情ってやつ？」

「そんなところ。だからバイトの間、寄れる時は見てくれると助かる。テレビとかゲームとかは好きにして良い………ただ、リビングとトイレ、洗面所以外は入らないでくれると助かるけど」

「入ってもいい場所に、佐藤の部屋が抜けてない？　ねぇねぇ、やっぱさ、定番でベッドの下に隠してたりするの？」

「健全な男子高校生の部屋に入ろうとしないでよ。後、ベッドの下には何も無い」

何が、とは言わないけれどベッドの下には無い。

ＰＣとスマホの中には、何とも言えないが。

「まぁ、それは冗談としてさ、勿論《もちろん》変なことはしないって誓うけど、良かったの？　そのさ、クラスメイトとはいえ、出会ってすぐの他人に鍵なんて預けちゃって」

これが本題だろう。目線は猫に戻して、猫をゆっくりなでながら南野が聞いてきた。

「そっちこそ良かったの？　猫の世話とは言ってても出会ってすぐの一人暮らしの男の家に入って」

そして、質問に質問で返す。

「人を見る目はあるつもりなんだよね、まぁ中学で大失敗したのもあって気をつけてるから」

「奇遇だね、僕も人を見る目はあるつもりなんだ」

「ふふ」「はは」

何となく気恥ずかしくなって笑い合う。

「バイトって言ってたもんね、どこ？　ってかうち一応校則で今どきバイト禁止じゃなかったっけ？」

「正確に言うと、事情があり許可を得れば可能。ちゃんと入学時にも許可取ってるよ。一応駅前は避けてて、ほら、公園を下ってった先にスーパーと焼き鳥居酒屋あるでしょ、その居酒屋の方でバイト、高校生だから二二時までだけど」

「そうなんだ、ホール？」

「ドリンクとキッチン、賄いもあり」

「だから料理できるのかー。…………こうしてみると、本当に何も知らないよね、うちら」

「まぁ、その辺はおいおい知っていくもんなんじゃない？」

「それはそうなんだけどさ」

「…………不満そうだなー、あ、でもそろそろ出ないとだ。悪いけど、帰る時、餌と水の確認と、戸締まりだけよろしくね」

「むー、何か逃げられた気がするけどバイトは仕方ない、続きはまた今度ね」

どうやら続くらしかった。

ちょっと仮面が剥がれて我儘《わがまま》も冗談交じりに言うようになった南野をあしらいつつ、僕はバイトに向かうべくリビングのドアを開ける。

「いってらっしゃい」

南野が、そんな僕に声をかけてくれる。

「あ……うん、いってきます」

そういえばいつぶりだろう、誰かに見送られて外に出るのは。

声に恥ずかしさが乗ってしまっていなかっただろうか、そんなことを考えていた。

それから少しの間、そんな風に僕らはお互いのことを少しずつ知っていった。

◇◆

猫を拾って二週間ほどが経《た》っていた。

幾度かを二人で過ごすことになっても、僕と南野の学校での関係は特に変わらなかった。こちらはいつも通りにしていたし、元々関わりがあるわけでもない。ただ、その日は少しばかり勝手が違った。

「これでホームルームは終わるが、ちょっとすまんが雑用があってな、三〇分程度だと思うんだが、今日の日直の二人、後で職員室に来てもらってもいいか？」

担任の権堂《ごんどう》がホームルームの後、僕ともう一人の女子生徒に向けて言った。

まぁ面倒だが巡り合わせなら仕方ない。

本日は金曜日だが、バイトは一八時からだったから時間はあった。

そう思って頷《うなず》くと、もう一人の女子の方がこちらを見ていた。堀北雅美《ほりきたまさみ》だったか、確か女子バレー部で背が高くて今後を期待されているとか聞いたことがある。

「あー、先生すみません、部活もあるんでちょっと厳しいかなって」

「あぁそうか、じゃあ仕方ないな、とは言っても一人だけに任せるのもなぁ。他に頼まれてくれるやつはいないか？」

そう言われて手を挙げるやつはいないだろう、と思うような聞き方で、権堂がクラス全体を見渡した。

わざわざここで巻きこまれてくれるほどの友人関係は構築した覚えがない。

雑用が何かは知らないが、これは一人で頑張るコースかな、そんなことを思っていたところ――。

「あ、じゃあ私も帰宅部なんでやりますよ」

聞き慣れた声がした。

ぎょっとしてそちらを見ると、南野が手を挙げているのが見えた。

「南野か、そうだな、じゃあ二人に頼むわ、職員室に来てくれるか。資料室の鍵を渡すからそこの掃除と風通しを頼みたくてな」

「はーい」

そう言って南野がちらっとこちらに目配せして出ていく。

「おい『二番』、運が良かったな、どうだよ、南野と一緒なら俺が代わってやってもいいんだぜ？」

僕も行こうかと鞄《かばん》を持って立ち上がると、前の席からそんな揶揄《やゆ》が飛んでくる。

少し髪を茶色に染めた、サッカー部の石澤《いしざわ》だ。

運動部の仲間とよくつるんでいて、南野にもよく絡《から》みに行っているのを見かけていた。

正直、いちいち相手をするのも、無視をするのも面倒な手合だった。

「そうだね、まぁ面倒でもあるけど、役得だと思って行ってくるよ」

そう肩をすくめて返すと、「じゃあ代わろうか?」という言葉でも期待していたのだろうか。石澤がちょっと不満げな顔を見せた。

とはいえ、一週間前の僕であればそう言っていたかもしれないが、今の僕はそうするわけにはいかない。

なぜなら、二回ほど僕のポケットでメッセージ着信のバイブが鳴っているのだから。

見なくてもわかる。南野だろう。

これで、石澤が代わりに向かったら何を言われるかわかったものではない。

ここ数日のやり取りで、そのくらいは南野のことをわかっては来ていた。

「なんだよ、お前も一丁前に南野狙いか? あいつはガード固いぞ」

「そういう訳じゃないけど、まぁ帰宅部だしね、そっちは部活頑張って」

「ちっ、帰宅部は暇でいいよな」

これで、最近はほぼ毎日のようにメッセージでやり取りをして、晩御飯も何度か共にしているといったらどんな顔をするのだろうか？

ちょっと暗い優越感を覚えて、そんな自分に首を振って教室を出る。

果たして、南野は少し離れたところでこちらを待っていた。

「遅い」

少し口を尖《とが》らせて小さく言う。

「はぁ、ちょっと誰かさんのファンに捕まっててね」

そう答えつつ念のためスマホを取り出して確認すると、案の定目の前の美少女からだった。

『(南野) 自然な初絡《がら》みゲット』

『(南野) まだ？　待ってるから一緒に行こうよ、これなら別に変じゃないしさ』

「不自然だったと思うけど」

「え？　嘘!?」

「あれは、誰も手を挙げないで僕が一人でやるか、誰かが嫌々指名されるのが自然の摂理にのっとった流れだったと思うけどな。南野の友達だって、え？　って顔で見てたじゃないか」

こうして職員室に向けて廊下を歩きながらも、南野は色んな人間に声をかけられる。

そして僕のことを見て、疑問に思いつつ、日直で職員室に呼ばれててさー、という南野の言葉に納得して立ち去っていく。

正直、一人なら誰にもエンカウントしないはずの短い道のりなのに、南野の人気ぶりを改めて実感する。事情を知っている僕からしても、その様子はあまりにも自然だった。

「あー、解放感！」

「いや、掃除しようよ」

資料室は、二階の職員室の隣の角部屋だった。

結構なプリントが積み上げられていて、カーテンも少し埃《ほこり》っぽかった。

そんな中、南野は随分と楽しそうだった。口調が変わるわけでも無いのだが、何となく雰囲気が変わる。

「ふふ、放課後、美少女と密室に二人きりの気分はどう？」

「そうだね、美少女と家で二人きりなのと同じくらいにはドキドキするかな」

「ほほう…………ん？　それっていつも通りってこと？」

「……逆に聞くけど、何でここの方がドキドキすると思ったのさ。あ、シュレッダーはこれだね、二つあるから南野はそっち。それにしても溶かす業者とかもいるんだから、生徒に頼むんじゃなくて業者に頼めばいいのに、うわ、この辺とかこないだの小テストのミスプリントじゃん」

確かに一人だと少し大変な作業っぽかった。

ただ、そんな僕の対応が南野には不満だったようでそれが態度に——

「うちは不満を表明します」

いや、態度だけではなくはっきりと言葉でも表現していた。

「さくさく終わらせて帰ろう」

「不満！　ふまーん！」

「……あのさ、僕にどうしろっていうのさ？」

頬を膨らませてアピールしてくる南野に、根負けしたように僕は振り向いて言った。

そんな顔をしていても整って見えることに、遺伝子レベルでの差を感じる。

「もう、ノリ悪いなぁ、隠れた関係の男女がさ、学校内で自然と二人きりになってるのに、ほら、物語だと色々あるでしょ！　ほら？」

「あー、つまり南野は、自分が物語のヒロインばりの美少女だと言いたいわけだね、うん、そうだねそうだね、よく考えたら確かにクラスでやっかまれるイベントは消化してきたかな」

「ち、違うからね！　変な解釈しないでよ？　確かに日々努力はしてるけどさ。……って
やっかみイベントって何？」

ノリが悪いと言われたので、思い浮かべたラノベたちを元に、揶揄《からか》うように言ってみる。

尤《もっと》も、学年で人気の美少女って意味では十分属性も満たしてはいるのが南野という少女
なのだが。

まぁ、それよりも南野はやっかみイベントの方も気にしたようで、怪訝《けげん》な顔をしてこち
らに問うてくる。

「まぁ、石澤に、暗に代われってアピられて絡まれた、かな」

「石澤かー、確かにベクトルがこっち向いてたりするよね。というか直接的に胸とか足と
か視線感じるし正直得意じゃないんだよね。立ち位置的によく話はするけどさ」

「そうなんだ」

視線はわかるというが、ふと、自分に置き換えると少し不安になる話題だ。

いや、失礼な目線は向けていないつもりではあるのだけど。

「でも代わらなかったんだ、ありがと」

「いや、だってさ。あの流れで僕も代わったら南野怒るでしょ？」

「そりゃそうだよ、何のために雅美の代わりに立候補したと思ってんの？　ってなる」

「だからだよ」

「ふふー」

そんな話をしつつ、サクサクとシュレッダーにかけていきながら南野は上機嫌だった。

僕も、こういう気の置けないやり取りは、楽しかった。


一緒に戻っても良かったのだけど、悪目立ちもしたくなかった僕は先に南野には教室に戻ってもらって、職員室に鍵を返してから教室に向かっていた。

鞄は持ってきていたが、机の中に本を忘れたことに気づいたのだ。

南野は友達と帰りに買い物するから今日は来られないと言っていたので、せっかくだからバイトまでの時間で家で読んでしまいたかった。

放課後とは言え、作業は二〇分程度で終わったので、まだまだ生徒は残っている。

「――――――」

さっさと取るものを取って帰ろうかと思っていたら、教室から聞こえて来た言葉に自分の名前が聞こえた気がして、ふと入る前に僕は足を止めた。

「あーあ、これが『二番』君じゃなくて、本物の佐藤くんだったら喜んで行ったんだけどな。千夏もごめんね、まさかあんたが代わりに行くとは思わなくてさ」

「え？　良《い》いって良いって、でもあれ？　雅美部活って言ってなかった？」

部活を理由に作業を代わってもらったはずの堀北さんが教室で三人の女子と居て、そこに後から荷物を取りに戻ったのだろう南野が加わって立ち話をしていた。

特にそのまま気にもせずに、僕も教室に入ってしまえばよかったのだろう。

なのに、何となく僕は立ち止まってしまった。

「いや、今日は自主練日だから、もう少し後でも良いかなって。いやほらね、練習前に、片付けとかして怪我《けが》したくもなかったしさ、私『二番』くん話したこと無いし気まずいし」

「…………はぁ、まぁいいけど。佐藤くん、ね。あんまりその呼び名好きじゃないな。いい人だよ？　普通に優しいと思うし」

「出たー、千夏の『いい人』。そう言いつつ誰にも靡《なび》かないよね。でも確かに言い方が悪かったか、ごめん。別に『にば』、いや、うちのクラスの佐藤くんが悪いとは思ってないんだけどね」

「流石《さすが》にD組の佐藤と比べたらなぁ、容姿端麗、バスケ部のエースで勉強もできるスーパーマン」

「だよねー」

周りの女子も追随する。

まぁ仕方ないかな、でも入るタイミングを逃したな、とか思って教室のドアから少し離れようとすると、続けられた言葉に、再び足が止まった。

「それにしても南野はやっぱ優しいよな、でも『二番』みたいな地味なやつに優しくするところっと惚《ほ》れられちゃうぜ？　どうせ作業もつまんなかったっしょ、大丈夫？　むっつり見られなかった？」

石澤だった。

ここぞとばかりに女子の会話に混ざろうとしている。こいつも部活に行くんじゃなかったのかよ。

「二番じゃなくて佐藤くん、ね。それにそんなことないと思うよ、さっきも喋《しゃべ》ってて楽しかったし紳士だったよ」

そんな石澤に対して、南野はバッサリと切る、表情は見えないが笑っていないのはわかった。

石澤は、自分より格下だと思った人間を落として笑いを取ったりすることが多いやつだった。

「いやいや、男なんて皆ムッツリだって。それに『二番』ってあいつ自身も認めてるじゃん。中学からやってたバスケだってD組の佐藤が入ったから続けずに帰宅部やってるしさ、案の定佐藤は一年生エースだし、自分から二番手に逃げてんだよ、あいつ」

そして、笑いにならなかったことに焦《あせ》ったのか、格下だと思っていた僕を南野がフォローするようなことを言ったのに苛《いら》ついたのか、そんなことを言い始めた。

流石な言い方に、咄嗟《とっさ》に入って反論しようとも思ったが、それよりも南野の驚くほど冷たい言葉が石澤に向かった。

「ふうん、それってさ、佐藤くん本人が言ってたの？」

声だけでわかった、南野は怒っていた。

「へ？　いや、そういうわけじゃないけどさ」

何とか話をつなごうとした、笑い話のネタ程度のつもりだったのだろう、石澤が南野の豹変《ひょうへん》した雰囲気にちょっと気圧《けお》されていた。

「じゃあ何？　石澤はエスパーか何かで佐藤くんの心のうちを受信しちゃった系なわけ？」

「いやまぁそんな特殊能力はないけどさ。でもほら、『二番』って中学の頃結構バスケちゃんとやっててさ、他校だったけど中学の時はバスケ部だったから知ってんだよね、俺。そんなやつがバスケ部入らないなんてありえないしさ、顔でも負け勉強でも負け、得意のバスケでまで負けたらプライドが耐えられない的な？　あれだよ、状況証拠ってやつ？」

それでもヘラヘラと笑ったように言えるのは、想像力が欠如しているのか、相手の空気を読めていないのか。

ただ、この場合についてはどちらにしても南野に対してそれは悪手だった。

「そうか、そうなんだ。でもさ、止《や》めた理由は他にも考えられるよね？　怪我かもしれないし、家庭の事情かもしれないし。まぁうちもよく知らないけど、佐藤くん普通に話して楽しかったしさ。流石にさっきまで一緒にいた人の陰口聞かされるのは気分悪い」

南野はそう言い放つ。

「…………まぁ、サボった私が言うのもなんだけどさ、流石に今のは言いすぎだよね」

南野の態度に、その場の雰囲気が石澤がちょっと言い過ぎた方に流れ始め、堀北もそれに追随すると、石澤は気まずそうな顔で席を離れていった。

僕は、出てくる人間たちと鉢合わせしないように、男子トイレの中に駆け込むと、天を仰いだ。

南野は馬鹿だ。

あんなの、聞き流してしまえばいいのに。

僕なんかのために、築き上げた立ち位置を危うくする必要は無いのに。

そんなことを思いながら、呟《つぶや》く。

「さっきの、絶対ヘイトコントロールミスってるじゃん」

でもそんな言葉とは裏腹に、僕はどうしようもなく嬉《うれ》しいと思うのを止められなかった。

二章　僕と彼女の事情

放課後のやり取りを聞いてしまった翌日の土曜日、昼過ぎにメッセージを送ってきた南野は、勝手知ったるという感じでリビングに上がり込んできていた。

実は、休みの日にやってくるのは初めてのことだった。

シロと一時的に名付けられた子猫は寝ている。

というか殆《ほとん》どの時間を寝て過ごしているように見えた。

一体子猫というものはこんなにも眠るものなのだろうか？　時折心配になって覗《のぞ》き込むと、気配を察したように面倒そうに目を開けて、グルグルと喉を鳴らす。

ニャーオと鳴くよりも、喉を鳴らすほうが多いことを、僕は初めて知った。

勉強しているときも、ご飯を食べているときも、ゲームをしているときも、基本的にシロは寝ていた。

つまり、南野がいる時間帯もまた、ほとんどは僕と南野だけの時間であるということだった。

でも、不思議とそれを苦痛と思うことも、違和感に思うこともなかった。

少し考えたんだけどさ、と彼女が言った。

目は画面から離さないままだ。三〇年以上続く、遭難に愛された赤髪の主人公が剣を持って戦うアクションRPGだ。僕は一度クリアしたけど、見つけた南野が興味を持ってやり始めている。

シリーズの八作目、僕が一番好きな作品を南野がやっているのを見ているのは、意外と楽しかった。

「うちと佐藤は友達だよね？」

「……そのつもりだけど？」

「うん、良かった。なのにうちだけ、秘密と本音を明かしてる気がするわけです」

「いや、そんなことないと思うんだけど」

何となく、何故《なぜ》そんなことを言いだしたのかがわかった僕は、少しいたたまれない気持ちになって頭をかいた。

「じー」

「ジト目の擬音だけで、目はゲームにガッツリ集中なの笑う」

多分、こうして冗談交じりでも我儘《わがまま》を言うのは南野にとって勇気がいることで。

「うちは中学の頃の恥部もさらけ出したのにさ、佐藤は全然心開いてくれてない気がする」

「あぁ、つまり僕のことがもっと知りたいと、なるほどそれは愛ってやつだね、とうとう僕にもモテ期が来たのか」

「おいちょうしにのるなよ？　……いや、でもまぁもう少し佐藤のこと知りたいなーっていうのは間違ってないけどさ」

「…………」

「ちょっと、黙んないでよ」

「急に素直にデレられると、正直言葉に困るんだよ」

軽いノリのような口調で、どこまでだったら大丈夫かをそっと、撫《な》でるように探ってくる。

それに対して、僕も適当なノリを装《よそお》って、大丈夫何でも無いよって答える。

そんなジャブのようなやり取りの後、少しばかり安心するように本音を出してくるのが、この数日の南野という少女だった。

「だってずるいじゃん」

「ずるい？」

「うちのことは結構知られたのにさ、うちは佐藤のことで知ってることってあんまないなーって」

「僕の名前は佐藤一。どういうわけか同じ高校の別のクラスに完璧超人イケメンの同姓同名がいる。一人暮らし、居酒屋でバイトしてる。最近クラスでも人気者の女の子が家に来るようになった」

「最後だけ聞くと勝ち組だね。ってそうじゃなくて、しかも今の情報の中にうち的な新情報無いし！」

そこまで言って、画面をPAUSEにして、南野が振り向いてこちらを見た。

「あのさ」

「何？」

こちらを向かれたので、僕もながら見していたスマホを置いて、答える。

「とある筋から仕入れたんだけど、佐藤ってバスケやってたの？」

とある筋どころか、教室で何があったのかも、それに対して南野がどう反応してくれたのかも知っている身からすると非常に困りつつも、僕は頷《うなず》いた。

それが却《かえ》って急な質問に困惑しているように見えたのか、南野が慌てて言う。

「いやさ、隠しておきたいこととかなら良くてさ、ただ、何でやめちゃったのかな、とか気になったりなんかしちゃったりしないでもないというか。そういうの、全然言ってくれなかったし」

どっちだよ。

あれだけ教室では格好良かった南野が、何だかあたふたしているのが可愛《かわい》かった。

「聞かれてないのに、僕って実は中学はバスケやってたんだ、ってならないでしょ」

「じゃあ、うちが聞いたら答えてくれてた？」

「あぁ、答えてたよ」

「……………あのさ、何でやめちゃったの？」

「あー、いや、続けてるよ」

「え？」

呆《ほう》けたような顔をする南野に、説明する。

多分、事情があって止めたんだと思われてるだろうから。

「バスケ、ちゃんと続けてる。確かにバイトが優先で部活として毎日はできなくなったから帰宅部だけどさ、部活だけがバスケってわけじゃないから。――――バイト先の先輩とかから紹介されて、週二回くらいは社会人とか大学生の人に混じって、ストリートでバスケやってる」

南野の顔が、ぽかんとした顔から、面白そうな物を見つけたときのように、眩《まぶ》しいほどの笑顔に変わって、そして言った。

「見たい」

「え？」

今度は僕がぽかんとする番だった。

「だから、うち、佐藤がバスケしてるとこ、見てみたい。なんか想像つかないし、ストリートバスケってのも見たことない」

南野のそれがあまりにも真っ直《ます》ぐな目で言うものだから。

「あー、えっと。今日は行かないって連絡するつもりだったけど……じゃあ、見に来てみる？　今日、一七時からだけど。後、つまらなくても文句言わないでよ？」

「行く」

僕はそう言って、何故か学外のコミュニティに南野を連れて行くことになったのだった。

あまり気にしないようにしたけど、少しだけ、自分がバスケしている場所に女の子を連れて行くなんて、そういう関係みたいだと思った。

どこかワクワクしたような雰囲気の南野を連れて、僕はこの一年通い慣れた場所に来ていた。

ダーツバーとも併設されたここは、二面のコートがある上にちょっとした食事をすることもできて、この街のバスケ好きが集まっている場所だった。

扉を開けて入ると、何人かの顔見知りが僕らに気づいて声をかけてくる。

この近くの会社で働いていて、住まいも近いという二十代三十代のおじ――お兄さんたちだ。

彼らは最初は横目で僕を見て、そして怪訝《けげん》そうに隣にいる南野を見て、そしてギギギ、と音が鳴りそうな速度で僕の方をしっかり振り向いた。

「ハジメ………ハジメが女の子を連れてきた、だと」

「え？　ってかめっちゃ可愛くない？　高校生？　やばい生女子高生だ」

僕が女の子を、それも飛び切りの美人を連れてきたという情報は、奥のコートにいた面々まであっという間に広がったようだった。土曜日の今日は特に、社会人のおっさんから大学生まで、色々な人間がここには集まる。

ストリートと言っても様々だが、この場所は纏《まと》めている人の手腕もあるのか、気のいい人が多かった。

何より、高校の中とは違って、変なカーストとかは関係なく、そこにあるのはバスケの腕がどうかとバスケが好きかどうかというランク付けと、単純に『いいヤツ』かどうかが重要視されるこの場所は、下品であけすけで粗野な人は多いものの、僕にとっては居心地のいい場所だった。

今もまた、次から次に絡《から》んで来るのは、初めて来た南野が変に馴染《なじ》めなくならないようにということなりの歓迎なのだと思う。

「え、びっくりなんですけど、ほんとに彼女？　モデルさん雇ったとかじゃなくて？」

「ハジメが女の子連れてくるとは思わなかったな。こんばんは彼女、どう？　お近づきの証《しるし》にこのメッセージアプリのＱＲコードとか読み込んでみない？」

「あ、俺も俺も」

「よし、決めた、今日はお前にはいいところ一つも与えてやらねー！　くそー見せつけやがって」

多分、おそらく、ただ可愛いから群がってるだけではないと思いたい。

南野がちょっと顔が引きつっているのを、手首をつかんで引き寄せる。

「はいそこ、勝手に人の連れをナンパしない、ってかあんた彼女いるでしょうが、言いつけますよ！　そもそも高校生に群がるんじゃないって、通報するぞ？」

とりあえず散った散ったと、まだニヤニヤして騒いでいる大人共をスルーして、奥の扉からコート脇のベンチの方へと歩いて行く。

「悪い南野、とりあえずこっち、比較的安全なとこに紹介するから」

「う、うん」

ドサクサに紛れて手首を握ってしまったが、今の状態は許してもらおう。

そう思って、南野と連れ立って歩いていった先には、目的の一組の男女がいた。

一人はキレイに剃《そ》ったスキンヘッドに強面《こわもて》の顔のパーツ、何というか大男としか言いようがない、長身に筋肉の塊。正直何を仕事としているのかは知らない。怖くて聞けていないのもある。

でもそんな彼が、実は心優しく、そしてその体格に見合わぬ俊敏な人であることは知っている。

一人は、細身の綺麗《きれい》な女性。対比が余りにも大きいので気づきにくいが、実は身長は女性にしてはかなり高い方だ。美女と野獣コンビ、と自他ともに言われている二人は、この店のオーナーであり、そしてこのストリートバスケのサークルのまとめ役でもあった。

そして女性の方は、僕のバイト先の先輩の姉でもあり、春に燻《くすぶ》っていた僕をこの場所に引き入れてくれた人でもあった。

「こんばんは、雄二《ゆうじ》さん、美咲《みさき》さん。今日は友達を連れてきちゃいました、あっちだと騒がしくなりそうなんで、ここに居させてあげてもらっていいですか？」

僕は、二人に挨拶をして、南野を紹介した。

紹介された南野も、慌てて頭を下げて挨拶する。

「あ、南野千夏です！　佐藤、えっと、ハジメ君はクラスメイトで、色々お世話になってます。今日はバスケが見たいって我儘《わがまま》言って連れてきてもらいました！　よろしくお願いします！」

「こんばんは、ハジメ君。そしていらっしゃい、千夏ちゃん。ふふ、入り口で絡まれてたでしょう、ここまで聞こえてたわ。勿論《もちろん》良《い》いわよ、一緒に彼氏の勇姿でも見ましょうか。ハジメくん、バスケやってる時は中々のものよ？」

「ようハジメ。そしてそちらのお嬢さんも初めまして、だ。……………いや、ほんとに美人だな、ハジメも隅に置けないもんだ。でも良かった、ちゃんと、高校でも青春できてんだな。俺はちょっとこれから出なきゃならないんだが、楽しんでいってくれ」

二人がニヤッと笑って南野を歓迎してくれる。

いや、友達だと紹介しただろうに。高校生の恋愛事情が好物すぎるだろうここの人たち。

「あ、えっと、うちとハジメ君はそういう関係ではないといいますか………」

「大丈夫大丈夫！　そのへんも含めてお姉さんと話しましょうか、いやー、やっぱり若い子はいいわねぇ」

美咲さんが千夏をベンチの自分の隣に迎え入れて、早速会話を始めている。

コミュニケーション能力お化けの美咲さんに、コミュニケーション能力抜群の南野だから、そこはあまり心配していなかったが別の心配が出てきた。

まぁ、美咲さんが一緒に居てくれるなら、変なちょっかいもかからないのは間違いないだろうが。

そして、南野の挨拶に目を細め、そして僕の方を優しげに見る強面の雄二さんの表情は、何というかくすぐったいようで、あはは、と僕は笑うしかなかった。

高校では特に青春してないけど、偶々《たまたま》学年一の美少女とは仲良くなりました、とは言えない。

「これはまた、珍しい組み合わせだな。ハジメに、そっちにいるのはまさかの南野かよ」

そうこうしているうちに、後ろから声をかけられる。

そうか、今日は来てたか。南野が付いてくるとなってから、正直五分五分だと思っていたが、僕は賭けには負けたようだった。

「え？　相澤《あいざわ》くん？」

美咲さんと話していた南野が、こちらを向いて目を見開いて名前を言った。それもそのはず、声をかけてきた男子生徒、相澤真司《しんじ》は同じ高校の別のクラスの男子。南野や、僕と同姓同名の佐藤くんとはまた別の、有名人だった。

それなりの進学校でもあるうちの高校の中では異色の、グレーに染めた短髪に耳にはピアス、はだけた首元にはネックレスと、中々パンクな格好をしている。

それでいて、成績は上位をキープ、家は地元の名士で、高校への寄付金も弾んでいることから教師陣も口を出せないという学業家柄優等生問題児《めんどうないせいと》だった。

「お、ハジメっちもいるじゃん。真司ー、カッコいいとこ見せてくれるんだよね？　期待してるよ！」

そう言ってこちらにもヒラヒラと手を振りながら、真司にしなだれかかっている女性はカナさん。苗字《みょうじ》は知らない。

そして、最近付き合ったらしい彼女の肩を叩《たた》いて、任せとけ、と言ってこちらに歩いてくる様は、細身の肉食獣を想起する。

こいつはモテる。女癖は良《い》いとはいえないためよく連れている女の人は変わる。

本人曰《いわ》く、来る者拒まず、去る者追わず、らしいので南野に声をかけることは無いだろうが。

「ふうん、知られたらスクープになりそうだな」

近づいて僕らを一瞥《いちべつ》し、ニヤリと笑ってこぼした言葉に、南野が反応する。

「ちょ、相澤くん⁉」

それにますます目を細めて、こちらを揶揄《からか》うように、そして疑問を乗せて視線を送ってくるのに対して、

「真司、訳ありなんだ、揶揄わないでくれ」

僕は、ため息をつきながら答えた。

相澤真司、問題児にして、学校内で絡むことはほぼ無いが、実は僕のストリートバスケ仲間でもある。

格好はいかついが決して不良ではなく、別のヒップホップグループにも属している関係からのファッションにすぎないのも、僕は知っていた。

そして、僕の事情もある程度知っている。この場所とバイト先も含めて、学校での評価をますます気にしなくなった一因でもあった。

「えっと？」

「スクープ云々《うんぬん》は冗談だ、それに俺は口は堅いほうだ、安心してくれて良い。――それにしても、上《うわ》っ面《つら》ばかりのアイドルかと思ってたが、ハジメを選ぶとは中々男を見る目はあるじゃねぇか、南野。……よし、ハジメ、今日は俺と組もうぜ、いいとこ見せてやれ

よ。とは言ってもおっさん共がハジメが彼女連れてきやがったってんで、活躍させないように燃えているらしいけどよ」

「ったく、ここぞとばかりに張り切っておじさんたちは……てかそう言いつつ、美味《おい》しいとこはよこせって言うんでしょ」

「ははっ、そりゃポジション的に仕方ねぇわなぁ。タッパ伸ばしてから文句言えや」

「くそ、何食ったらそんな伸びるんだっての」

普段、全くといっていいほど高校では会話をしていない僕らの掛け合いに、南野がポカンとしているのがちょっと面白かった。

まぁ、これだけでも連れてきて良かったかな、と思ったのは内緒だった。

南野千夏は目の前の2on2と呼ばれるバスケの試合から、いや、佐藤一から目を離せないでいた。

「バスケをやっている時のハジメ君は中々のものよ」

そう言われていたが、あまり運動が得意だというイメージが無かったため、リップサービスみたいなものかと思いつつ、それでいてちょっと期待はしていた部分もあったのは事実だ。

目立たないながらに、実はバスケは得意というのもポイントは高いかもね、と思ったりしていた。

それがどうだ。

ダム！！

そんな音を響かせながら、あまり大きくない身体《からだ》がコートを駆け巡っている。

相手は、笑いながら女連れで良いところを見せるなど許さん、と言っていた、社会人らしき二人組だった。

どちらも体格は大きく、一八〇センチ以上はあるだろう。

細身で、身長もそこまで高くない佐藤と比べると、本当に大人と子供の戦いのように見えた。

「真司！」

「オーライ、だ」

そんな相手を、佐藤は幾度もドリブルで抜き去って、ある時は自分で決め、ある時は相澤にパスを供給して決めさせている。

その相澤もまた、ダンクを華麗に決めたりするものだから、客席となっているベンチからは黄色い声援も飛び交っていた。

「凄《すご》いですね、二人共」

「そうね、ハジメ君は中学三年間やってて基礎は充分だし、ドリブルもパスもセンスあるのよね。それにストリートのゴールは派手になるように少し低めに設定されているとは言え、あれだけ魅せられるのは真司くんも流石《さすが》といったところかしら。まぁ、彼の場合は女の子がいないと全然本気を出さないのだけど」

そんな会話をしている間にもコートでは、また相澤がゴールを決めたところだった。

「はっはー、おっさん共はスタミナが足りないんじゃないか？」

「何を、これから円熟味を増したおっさんの意地を見せてやらぁ‼　ってかお前ら二人共高校生の癖して女連れでバスケとか羨ましすぎるんじゃボケェ‼」

「真司、あまり煽《あお》らない」

「先輩、本音ダダ漏れすぎっす、あんまり頑張りすぎて腰痛めたりしたらまた奥さんに怒られますよ？」

そんな会話をしながらプレイしているのが、近いからこそこちらにも聞こえる。それに対して同じく見ている観客席からもヤジが飛んで、そんな輪の中で佐藤が笑っていた。

何というか、学校では淡々としている佐藤が嘘《うそ》で、こっちの佐藤が本物な気がした。

「ふふ、ものの見事に見惚《みと》れちゃってるねぇ」

「…………何かちょっと悔しいです」

美咲さんが、軽くからかうような口調で、でも優しい雰囲気で言うのに、千夏はそう呟《つぶや》いていた。

そういえば、ここでは全く仮面を被《かぶ》っていないことに、今更ながらに気がつく。

我儘を言って連れてきてもらって、入り口から圧倒されて、手を引かれて紹介されて、そんなうちに何も考えない素の状態で千夏はここにいた。

「学校でのハジメ君はどんな感じなの？」

「正直、目立たない男子って感じです。相澤は目立ってますけど、あの二人、学校じゃ全く絡《から》んでないんで。佐藤も、全然あんな風じゃないし、体育の時間とかも、多分サボってるんですよね。あれ学校で見せたら、絶対陰口とか言われたりもしないのに…………」

「へぇ、気になるのね、彼のこと……否定してたけど、これはラブな気配かしら」

「…………もう、違いますよ！　でも、何か悔しくて。ここにいる人は全然そんな雰囲気じゃないんですけど……うちは学校では結構目立つ方で、佐藤は全然目立たない感じで」

「あぁ、なんか想像つくわね」

「でも、本当のあいつはあんなに凄いのに、一人でちゃんと家のこともして、バイトも頑張ってて、実はそっけないようでめちゃくちゃ優しくて、ご飯も美味しくて、ここでもこんなに認められてて」

「うんうん」

「うちなんて、ちょっと勉強やスポーツができるとか、可愛《かわい》いとか言われてちやほやされても実際何もできなくて。本当は佐藤の方がすごいのに……佐藤を馬鹿にするような人もいて。なのに佐藤は全然反論とかしないから。仲良くなってからずっと、うちばっか助けられてるのに、何もできなくて」

「あぁ、スクールカーストってやつねー。面倒だよねー、そーいうの」

何だか話しているうちにぐるぐるしてきた千夏の言葉に、隣からも声が割り込んできた。

相澤にしなだれかかっていた、ギャル系のお姉さんだ。

「私もさ、高校のそういうのに馴染《なじ》めなくてさ、ドロップアウトしちゃったんだよね。で、外に出てみたら解放感？　っていうの？　別に勉強ができなくても生きていけないわけじゃないし」

「カナちゃんはね、そんなこと言いつつ、ちゃんとその後働きながら高認受けて大学に入ったのよね、凄いのよ」

カナというらしいそのギャルさんを、美咲さんがそう褒める。

正直意外だった、こんなに美人で自由そうなのに高校をドロップアウトしたというのも、こんな外見で高認を受けて大学に入ったというのも。

「お、意外そうな顔してるね、えっと、千夏ちゃん、だっけ」

「あ、すみません！　そんなつもりじゃ……」

「えへへ、良いって良いって、意外そうに見られるのは慣れてるしねー」

あはは、と笑う彼女は、どうしようもなく自由そうで、とても魅力的だった。

そしてカナさんは続けた。

「で、何だっけ？　ハジメっちが学校で馬鹿にされるようなことがあったんだっけ？」

「はい、まぁうち、学校では佐藤ともあまり話すわけじゃないんで、関係バレはしてないんですけど、ちょっとしたことで関わった時に、その、モヤモヤすることがあって」

「…………ふーん、それはそれで君たちの関係が気になるところだけど。んー、まぁいいんじゃない？　言わせとけば」

「…………え？」

「だってさ、私はここでしか知らないけどさ、ハジメっち普通にいい子だし真司ほどじゃないにしても格好いいじゃん。別に高校でどうあれそれが事実で。ハジメっちはちゃんとここで彼女にいいとこ見せられてて、千夏ちゃんはこうしてハジメっちに惚《ほ》れ直している訳でしょ？　それを知らないその他大勢が何言ったってさ、別に二人の関係にも人生にも毛ほども影響はないよ」

　千夏は、この場所に来て何度目かもわからない、ぽかんとした顔でカナさんのドヤ顔を見ていた。

　惚れ直してない、そもそもその前に惚れてない、と言いたいところだったが、何だかカナさんのその言葉にも態度にも毒気を抜かれてしまっていた。

「まぁ、カナちゃんのは極論っぽいところはあるし、高校生にとっては高校の中の関係性がどうでも良《い》いとはとても言えないとは思うのだけど、でもそうね、誰かが知ってくれている、それだけでも大丈夫なことというのもあるのは、確かに事実だわね」

　静かに聞いてくれていた美咲さんが優しく微笑《ほほえ》んで、そしてこちらの顔を見て言った。

「千夏ちゃんは、ハジメくんの事情は、どのくらい知ってる？」

「……うちら、本当に仲良くなったのは最近で、一人暮らしして、バイトしていることくらいしか。バスケのことも、中学の頃を知っていた奴《やつ》がクラスに居て噂《うわさ》を聞いて、今日バスケやってたのか尋ねたら、ここに連れてきてくれたんですけど」

　正確には、問い詰めたような形の上に、我儘《わがまま》を言って連れてきて貰《もら》ったのだが、嘘は言っていない。

「そう。じゃあ、私から事情を伝えるべきことではないと思うから、話してくれるかは、千夏ちゃんの頑張り次第だと思うけれど、一つだけ…………ハジメくんを、よろしくね」

「……はい、うちにできることならば」

何を知ったわけでもない。

何を解決したわけでもない。

ただ、この優しそうな美人のお姉さんと、ギャルっぽいお姉さんに話を聞いてもらって、千夏は何となくやることが明確になった気がした。

（知りたいんだ、うち）

この感情が恋愛なのかも分からない。

父母のような、そんな壊れやすい関係になりたいとも思わない。

でも、もっと佐藤のことが知りたいと、そう思った。

「くそー！　負けたー！　…………もう動けねぇ」

見れば、決着が付いたようで、社会人二人組は座り込んで、高校生二人はハイタッチをしている。

中学の時も、高校に入ってからも。

家族と学校というコミュニティしか知らなかった自分にとっては、この場所は新鮮だった。

（ハイタッチをしている佐藤と相澤とか、学校で見たら一日話題だね）

そんなことを思いながら、戻ってくる佐藤のために飲み物とタオルを用意してあげようとして、ちょっとこれは、彼女ムーブかも、という想《おも》いが頭によぎって、首を振って思考を振り払って立ち上がる。

その頬が少し赤らんでいたのに気づいたのは、穏やかに千夏を見ていた美咲だけだった。

◇
◆

それは、猫がいる生活に慣れてきて、実はもうこのまま飼ってもいいいんじゃないかとすら思い始めた十月の末日、シロが僕の家に来て三週間ほど経《た》った日のことだった。

南野も探してくれていたが中々そう捨て猫を貰ってくれる人はおらず、僕の方でも美咲さんに相談していたところ、少し離れた場所で、知り合いの女性の方が猫を引き取りたいと言っているという話を持ってきてくれたのだった。

ただ、そのご婦人は旦那さんを亡《な》くされて一人暮らしであり、足が少し不自由なので、直接三鷹《みたか》にあるマンションまで連れてきてもらえないかとのことだった。

（三鷹、か）

中学の頃、僕はその街で過ごしていた。

決して悪いことばかりではなかったけど、正直、今は敢《あ》えてあまり立ち寄りたい街ではなかった。

『（南野）そっかー』

『（南野）いいことなんだけど、ちょっと寂しいね』

『（佐藤）うん、そうだね』

『（南野）最後だし、次の土曜日だよね。うちも一緒に行くから』

早朝、夜のうちに美咲さんから連絡が入っていたことを伝えると、先週の土曜日に引き続き、南野は僕に付き合ってくれるようだった。

（南野は、これで来てくれることも無くなるのかな）

南野とは友人になれたとは思う。でも、シロの様子を見るという理由が無くなる以上、僕の家にやってくることも無くなるのだろう、最後、という言葉にそう思って、僕は少し寂しく感じてしまった自分に苦笑する。

僕一人には少し広すぎる家、つい作りすぎてしまうご飯、『ただいま』も『おかえり』

も無い生活の中で、人助けのように猫を預かって、助けているつもりで、僕は南野に救われていたのかもしれない。

（あぁ、この思考はダメだな、走りにでも行くか）

学校までに少し時間はあった。

行くまでに汗をかくのもと思わなくもなかったが、このまま思考が余計な方に進むよりは、走ることで何もかも忘れたかった。


その日は秋晴れとでも言うか、穏やかな良い天気だった。

僕は、豊田駅のホームから、シロの入ったケージを持って、約束した時間の指定された車両に乗り込んだ。

休日の午前十一時、そこまで混んでいるわけではなく、南野はすぐ見つけられた。

「へー、いいじゃん、ピシッとしてて中々格好良いよ」

今日は、制服というわけにもいかず、かといって年配の女性のお宅に伺うということで、持っている服の中ではフォーマルな、黒の薄いジャケットに、クリーム色のスラックスを合わせていた。

とはいえ、僕はそんな褒め言葉を聞き流しながら、ドアの近くで手すりに摑《つか》まっている南野を見ていた。

今日の南野は、落ち着いた色合いのワンピース姿だった。決して派手な服装ではないし、露出が多いわけではない。

なのに僕は、南野から目が離せなかった。

淡く施された薄化粧と相まって、南野本人の美しさが際立《きわだ》っている気がする。

この間、寂しいなどと変なことを考えたせいだろうか。正直、人に見惚《みと》れたのは初めてだった。

「佐藤？　あれ？　うちなんか変？　一応シロちゃんを引き取ってくれる方だし、第一印象悪くないようにまとめてきたつもりなんだけど」

「あ、ごめん、ちょっと綺麗《きれい》で見惚れて…………あ、いや……何でもない、似合ってると思うよ」

「…………へぇ」

ちょっと本音が溢《あふ》れた僕の言葉に、南野がニヤっとしか表現しようの無い笑みを浮かべた。笑みと共に、美しさから可愛さへと移行するのもまた、僕の心臓を少し跳ねさせる。

「…………」

僕が何か言い訳を探している間に、発車音と共にドアが閉まり電車が動き始めた。

　そして、南野が僕の隣に並んで、顔を覗《のぞ》き込むようにしてからかい混じりの口調で言った。

「そうかそうか、佐藤に見惚れてもらえるとは中々嬉《うれ》しいね。いやね、結構佐藤って淡白じゃん？　うちもそれなりに見た目整ってる自信があったんだけど、家にいても視線もあまり来ないし、もしかして女の子に興味ないんじゃ無いかと疑ってたとこだったよ」

「……そこで、自分の容姿の自信を失うより、僕の好みを疑うあたりが南野だよね」

「流石《さすが》に子供の時から意識させられてるからさ、自分の容姿に無自覚で居られないって。佐藤も、ほら、味があって良いと思うよ、調味料で言うと塩って感じで」

「褒めてないし、貶《けな》されても無いのにフォローから入るのやめてくれる？」

「あはは。まぁ、誰もが振り向く、とは言えないけど、うちは安心できて好きだよ」

「……………」

「あ、照れた？」

「……照れたのもあるけど、何かちょっと無理してるかなって」

「…………ふふ、本当に佐藤は何かわかっちゃうよね、さっきのはちゃんと本音だけどさ。まぁね………探しといてなんだけど、思ったより飼えそうな雰囲気だったじゃん、だから。ちょっと寂しいかなっていうのと、美咲さんからの紹介だから変な人ではきっとないと思うんだけどさ、シロちゃんを任せられるのか見極めてやるーっていうか」

僕の言葉に白状するように、南野は言葉を重ねた。

一ヶ月に満たない日々ではあった。

でも、その長いような短いような期間の中で、僕と彼女と一匹の白い子猫は僕の家のリビングで過ごした。

「わかるよ」

だから、僕はそれだけ言った。

「……そっか、わかってくれちゃうか」

南野はそう答えて、それまであれだけ饒舌《じょうぜつ》だった口を閉じて、ケージの中を見る。

その顔は、とても穏やかな笑顔で、やはり僕は少し、南野に見惚れてしまっていた。

電車の窓からの景色が流れて行く中、この笑顔を独占できるのは随分贅沢《ぜいたく》な休日だなと思った。


三鷹の駅からそこまで歩かない場所にそのマンションはあった。

大きくはないが綺麗なマンションで、入口にはオートロックのインターホンがあり、僕と南野は、少しばかり緊張しながら、伝えられている番号を入力して呼び出しを押す。

間も無く、上品そうな女の人の声が聞こえて、自動ドアが開いた。

僕と南野は連れ立って中に入って行く。一番手前の一〇一号室。それが目的の部屋だった。

「いらっしゃい、佐藤一くんと、南野千夏さんね。遠いところをありがとう、とりあえず入ってもらって良いかしら？」

改めて部屋の前のインターホンを押すと、先程の声がして、電子音と共に扉の鍵が開いた音がする。

僕と南野は顔を見合わせて、僕がそっと扉を引いて開いた。

「ごめんなさいね、そのまま奥まで入ってきて」

玄関で靴を脱いで、お邪魔します、と言いながら中に入ると、奥から声がする。

その声に導かれるままに南野と僕がリビングに足を進めると、オープンキッチンスタイルのコンロの火の前で、鍋をかき混ぜている女性が立ってこちらを見ていた。

初老と聞いていたが、想像より随分若く見えるご婦人だった。杖《つえ》が脇に立てかけられている。足が少し不自由とは聞いていたが、杖なしでも立って料理ができる状態ではあるようだった。

「初めまして、日野《ひの》美咲さんの紹介で来ました。佐藤一と言います」

「同じく初めまして、佐藤くんのクラスメイトで、南野千夏と申します」

僕と南野は軽く頭を下げて挨拶をする。

「あらあらご丁寧に、こんにちは、門脇奏《かどわきかなで》と言います。ごめんなさいねこんなお出迎えで、その代わりお昼は期待してもらっていいから。そして、本日は改めてありがとう、その子がシロちゃんかしら？」

僕の持つケージを見て、微笑《ほほえ》んで首を傾《かし》げる様子は、歳上《としうえ》に、それも親と同年代程の女性に対して感じるのもおかしいが、可愛《かわい》らしい感じの方だった。

一人暮らしと聞いていたので納得だったが、それだけではなく、何となく雰囲気の落ち着いた静かな家だった。鍋で煮込まれているのはビーフシチューだろうか、部屋全体にとてもお腹《なか》を刺激するいい匂いが漂っていた。

「子猫ちゃんでも大丈夫なように、コード類はカバーもかけているわ。元々、主人と住んでいた頃は猫も居てね、流石に匂いは残っていないと思うのだけれど、知らないところで緊張すると思うから、ケージの蓋を開けて自由に歩かせてあげて貰《もら》っていいかしら。扉が閉まっている部屋以外はどこでも居ていいつもりだから」

そう言われて改めて見渡すと、落ちて危なそうなものは整理され、コードにもカバーがかけられている。開け放たれた部屋も含めれば、丁寧に猫を受け入れようとしているのが見て取れた。

「シロ、出るか？」

僕はそう話しかけながら、ケージを下に置いて扉を開けた。

シロは恐る恐るといったように出て、床の匂いをかいでいる。

うちに居てもそうだった、色んな匂いをかぎながら、しっぽを揺らしながらゆっくりと歩く。

それを南野が、少し心配そうな目で、でも手出しをしないで見ていた。

「……さて、これからゆっくりとシロちゃんには慣れてもらうとして。さっきも言ったけど改めてありがとう。せっかくだから、少しお食事を取りながらお話しさせていただいていいかしら？　若い人とお話しするのは久しぶりだから、少し張り切ってしまっているの」

「ありがとうございます、ご相伴に与《あずか》らせていただきます」

「ありがとうございます！　あ、お皿とかうちらでやりますので、どんどん指示しちゃってください！」

元々美咲さんから、彼女の職業のことと、お昼を共にしたいと言ってくれていることは聞いていたので、僕と南野は素直にお礼を言って、キッチンに向かって食事の準備を手伝うことにした。

ビーフシチューは、長く煮込まれた牛肉が口の中で溶けるようでとても美味《おい》しかった。

奏さんは落ち着いた雰囲気を作り出してくれる上に話題も豊富で、僕と南野は初めての家にも拘《かか》わらず気持ちから胃袋からすっかりリラックスさせられていた。

「それで、お二人は恋人さんなのかしら？」

ゴホッ！

だからだろうか、ニコニコした奏さんに急にそんな質問をされて、咄嗟《とっさ》に僕は飲んでいたお茶で咳《せ》き込んでしまっていた。

「…………いえ、僕と南野は友人ではありますが、そういう関係ではないですね。それに、彼女は学校でも人気者なので、僕なんかがこうして仲良くなれたのも本当に偶然といいますか」

「あら、そうなの？　部屋に来ていただいてからも、随分とお似合いの雰囲気だったからもうそういう関係なのかと思っていたわ。うーん、駄目ね、こういう職業をしていると、ついついすぐそういう見方をしてしまって。なるほどなるほど、まだそういう関係じゃないのね…………それでそれで？　二人の馴《な》れ初《そ》めはどうだったのかしら？」

そう言って奏さんはニコニコしながら、今度は南野にも顔を向けて質問をする。

「いや、だから違う――」

柔らかい表情に騙《だま》されそうになるが、強引に、そして完全にそっちに結びつけようとする奏さんに、僕が少し素で突っ込もうとすると、南野が笑って言った。

「あはは、取材する気満々ですね。そういえばうち、小説家さんにお会いするのって初めてです」

小説家。

そのジャンルは数あれど、その中でもミステリ恋愛小説とでも言うのか、少し不思議な物語の中での、高校生や大学生の青春物語を得意とすることで有名な作家、それが門脇奏という女性だった。

ペンネームではなく本名らしく、作品の中には本屋大賞を受賞したものもあり、僕も南野もその名前は知っていた。

美咲さんから最初話を聞いた時は耳を疑ったものだ。

そして、その時に、猫を預かる際に、お話も聞きたいと言っているということも聞いていた。

高校生に会うこともなかなか無いので、参考にしたいとのことだったが、なるほど、作品を知りながらにして参考にしたい内容に思い至っていなかったのは僕の考慮不足だった。

僕と南野は、確かにシロを拾った縁から親しくなったし、お互いに少し素の表情を知り合った仲ではあるし、気安い関係を築けているとも思う。

ただ、やはり学校での南野を見ていると、僕は少し住む世界が違うとも感じてしまうことがあった。

確かにそれは素では無い南野ではあるのだろう。でも、そもそもとして、演じているからといって学年で一、二を争う人気者になれる時点で、やはり南野は魅力的であることには変わらないし、偶々《たまたま》今は僕に知られたというだけで、素も含めて受け入れてくれる男なと沢山いるだろう。

そんな南野が、僕と恋人かと疑われるのは、分不相応と思ってしまう。それはどうしようもなかった。

しかし、僕のそんな内心とは裏腹に、南野はその持ち前のコミュニケーション能力をふんだんに発揮し、猫との出会いから、僕との関係についても面白おかしく話し始めていた。

奏さんもまた、ニコニコしながらふんふんと首を振りつつ聞いている。

聞きながらノートにガリガリと文字が埋まっていっているようだが、次の作品に猫と美少女と冴《さ》えない男が登場しないことを祈ろう。

少しいたたまれなくなった僕は、お手洗いを借りるために席を立った。

廊下に出てトイレで用を足して出ると、足元に温かな感触が広がる。

シロが頭を擦《こす》り付《つ》けるようにして、僕の足にちょっかいを出してきていた。

「良かったな、奏さんはいい人そうだ、いい子に育つんだぞ」

そう言って白い頭を撫《な》でると、思った以上に強い力で押し返してくる。身体《からだ》ごと僕に押し付けてくるかのようだ。

僕はそのましゃがみ込んで、シロの耳の後ろを少し爪を立ててカリカリと掻《か》いてあげる。すると、そのまま左膝に前足を載せて、もっとやれというようにこちらを見てくるのだった。

「ふふ、最後だからな、今日は思う存分やってやるよ」

しかしながら、トイレの前の廊下にずっといるわけにもいかない。

僕はシロを抱き上げてリビングへと戻る。

「あら、最後なんて寂しいわ、よければ、また来てあげてくれるかしら？ 勿論《もちろん》千夏さんと二人でもいいし、一人で来てくれてもご飯くらいはご馳走《ちそう》できるわよ」

そうすると、先程の独り言、というかシロへの言葉が聞かれていたのだろうか、奏さんがそんなことを言ってきたことに僕は驚く。

「南野と一緒にってのは、結構奏さんの創作意欲のためな気もしますが、でも、良《い》いんですか？　その、僕なんかにそんなに」

奏さんはいわゆる有名人にあたる。

そんな彼女と近づきたいファンの方はそれこそ大勢いるだろう。

社交性も高くて、魅力的な南野はわかるが、偶々子猫を連れてきた僕にまで親しくしてくれるのは美咲さんの紹介というのもあるのだろうか。

「勿論よ…………聞かせてもらった千夏さんのお話でも、今のシロちゃんへの表情でも、ハジメ君は優しい子ってわかるから。そんな子はいつでも歓迎させてもらいたいわ」

「……光栄です」

ちらっとどんな風に話したのかと南野に視線を向ける。

気づいた南野は、ぐっと親指を立ててきた。違う、そうじゃない。

「ただ、さっき千夏さんとも話していたのだけど、『僕なんか』、っていうのはちょっと減点ポイントね。ハジメ君は、自分で思っているよりもよほど素敵な男の子よ。大丈夫、この私が保証してあげるわ」

「いや、出会って二時間も経《た》っていない方に保証されましても」

まるで長い付き合いかのように保証する奏さんに呆《あき》れたように言う。

「そんなことないって、佐藤はもう少し美咲さんのところでバスケやってる時みたいに自分を出したら素敵だと思うよ」

「南野まで乗っかって僕をからかわないでよ。でもまぁ、ありがとう。それにそうだね、また様子を見に来るから最後ってのは違ったかな？」

なーに？　というように喉を鳴らしてこちらを見てくるシロを撫でながら、僕は言った。

「そうよ、シロちゃんもその方が良いわよね？」

ニャー。

普段めったに鳴かない声を、いいタイミングでシロが上げるものだから、ふふ、と三人で笑ってしまう。僕はまだ、シロとお別れというわけではないみたいだ。そして、おそらく南野とも。

こうして、ふとしたことで拾った子猫は、優しい飼い主のもとに届けられることになったのだった。

◇◆

奏さんのマンションを夕方に出て、僕と南野は再び電車に乗っていた。

電車は座っている乗車客は多かったが、普段の平日の夕方に比べればずいぶんと空いている。

僕の駅に近づいていく中で、何度か、南野が僕に話しかけようとして、それで止まったりを繰り返し、何となく僕もその雰囲気に引きずられるように口が重くなったことで、僕と南野は無言で並んでつり革に摑《つか》まっていた。

行くときは右手にあった重みが、今は無い、そのことに少しばかりの寂しさを感じているのは確かだった。

「今日、さ」と南野がとうとう絞り出すように言うのに、「うん」、そう言って僕は頷《うなず》く。

「奏さんもいい人だったし、凄《すご》い楽しかったよね」

「うん、それに、今日だけじゃなくて、シロを拾ってからずっと、楽しかった」

そう、楽しかった。――だから、寂しいと思う。

でも、言葉にするのは楽しいの方だけだった。寂しいを言葉にすると、寂しいが増してしまう気がしていた。

「うちも……うちも楽しかった。でさ、佐藤」

「うん？」

キキーっという音と共に電車がブレーキをかけ、ホームへと滑り込んでいく。

あと二駅というところで、特急待ちのために少し長く停車する中で、南野が僕の名前を改めて呼んだ。

「これ、返さなきゃと思ってて、それで、いっぱいお世話にもなったから、これも」

そして、南野がおずおずと鞄《かばん》から合鍵と、可愛《かわい》くラッピングされた包みを取り出して渡してくる。

「これは？」

僕は、鍵とともに受け取ったそれを見て、南野を見た。

「合鍵と、えっと、スポーツタオル。何がお礼になるかわからなかったけど、バスケやる時に必要なものと思って。…………あのさ、正直男子にプレゼントなんてあげるの初めてでさ、相談できる相手もいなかったから、ちょっと気に入らないかもだけど、受け取ってよ」

見ると、夕暮れが差し込んだだけではなく、南野の頰が少し赤くなっているのが見えた。

もしかして、これを渡すための会話の糸口に困って無言だったのだろうか、あの南野が？

そう思うと、胸がいっぱいになるような感覚に包まれて、「ありがとう」僕はそう言うのが精一杯だった。

そんな時だった。

ただ、この寂しくも幸せな感覚で一日を終えることができればよかったのに、どこか懐《なつ》かしい、でも聞きたくなかった声がしたのは。

「佐藤じゃないか？」

黒髪に、誰が見ても整っていると言うだろう顔立ち。長身でスタイルも良く、そらすこともなく真《ま》っ直《す》ぐこちらを見る目は自信にもあふれているのがわかる。

部活帰りであろう、バスケのシューズボックスと鞄を持ったその男のことを、僕は知っていた。そういえばこいつも、引っ越してこの方向の電車だったたか。

「金崎《かなさき》、か」

「久しぶりだな、まさかこんなところで会うとは思わなかった。それに、こんな可愛い子といるなんてな、まさか彼女……って流石《さすが》にそれは無いか」

僕と南野を見比べ、ふっと笑った顔を見て、あぁ、変わっていないな、と思う。

そんな僕の内心には気づいているのかいないのか、金崎は南野に向けてとびきりの笑顔を作って話しかけていた。

「こんにちは、俺は中学の時の佐藤の友人の金崎です、よろしく、凄い美人がいるなと思ったら見知った顔が並んでるからびっくりしたよ。どういう知り合いなの？」

「……あの、よろしく」

南野が、急に馴《な》れ馴れしく話しかけてきたそいつを見て、そして少し気を遣うように僕の方を見る。

友人だとしたら失礼が無いようにと思っているのだろう。

だが、正直僕としては一刻も早く立ち去りたかった。しかし電車という場所がそれを許さない。

逃げ場もない電車のドアが閉まり、走り始める。

「同じ高校の友人だ、悪いけど、今は僕らで話してるから遠慮してくれ」

仕方なく、僕はそれだけ告げた。

そもそも、あんなことがあってから付き合いもなくなったのに、わざわざ声をかけてくる神経がわからなかった。恐らくは、南野を見て、その隣にいる僕を話題に近づきたかったのだろうとは思うが。

その言葉と、その前の南野の素振りを見て、僕と南野の関係を金崎がどう読み取ったのかはわからなかった。ただ、爽やかそうな整った顔に、まるで相手のことを思っているような笑みを貼り付けて、僕が一番言ってほしくないことを言う。それが金崎というやつだったということを、僕は知っていた。

知った上で、止めることはできなかった。

「久しぶりなのにそんなつれないこと言うなよ。良かったよ家族みんな亡くして、天涯孤独になったやつにも春がきたみたいで、心配してたんだぜ」

心が落ちていく。

――よく言う、一度たりとも連絡してはこなかった。

「それにさ、知ってる？　こいつ中学の時『妹殺し』って噂《うわさ》まで流れて孤立してさ」

心が冷たく暗い中に沈んでいく。

――噂ね、僕が相談したのはお前だけだったのに、果たしてその噂の出処はどこだったんだろうな。

「高校じゃどうなのかわからないけどキミみたいな子といるってことは隠してるのかな？　それにしても本当に美人だね、良かったら今後友達とか誘って遊びに行かない？　連絡先でも交換――――」

ドロドロとした、僕には意味がわからない言葉を垂れ流していくのに、どこまでも爽やかそうな空気をまとっているのが、金崎という男だった。

それに気づかなかった過去の自分を殴りたいくらいに。

そんな男が、南野に話し続けている。

おい、ふざけるな、と声に出したつもりが、僕の喉から出たのは掠《かす》れた声だけだった。

情けなかった。こんなやつを苦手なままでいる自分も、南野の前でまで虚勢すら張れない自分も。

だが、そんな情け無い僕の右手を温かな感触が包んだ。

「……すみません、私、自分の大事な人の過去をヘラヘラしてこんな場所で言うような人、本当ちょっと無いんで。生理的に無理なので、二度と話しかけないで頂けますか？」

凍えそうな心に、凛《りん》とした声が響いた。

「…………え？」

顔をあげると、金崎が、驚いた顔をしていた。

中学の頃、無駄に整ったその顔と声で女子を味方につけ、空気を味方にしていた男がそんな顔を見せていることに、そして何より、僕の右手を強く握りしめた南野に、僕の脳は少しばかり機能不全を起こす。

気づかないうちに、見覚えのあるホームへと電車は到着していた。

「ハジメ、行こう」

そう言って南野が右手を引いて、身を寄せるように僕のことを連れて行ってくれる。

南野の駅はここではないのに、ずんずんと改札に向けて歩く。

僕を、先程の悪意から守ってくれるように。


「……南野」

「うち、謝らないから！」

「え？」

手を引かれたまま歩く。

よく分からなくなった頭で、何とか感謝を告げようと南野の名前を呼んだところで、南野が絞り出すように叫んだ。

感謝の言葉を告げようとして顔を見て、僕は疑問の声のまま、言葉を失う。

南野が泣いていた。

泣きながら、ただ前に、僕の手を引いてくれていた。

いつだか、シロのトイレを抱えて歩いた道を、僕と南野は手をつないで歩く。

「………佐藤に秘密があるの、薄々わかってる。……何で一軒家に一人で住んでるのかとか、家族のこと一回も話題に出ないとか、何でバイトしてるのかとか、何でそんなに人と関わりすぎないようにしてたのかとか、いっぱいいっぱい気になるけど、わかってる！」

「…………」

「さっきの、本当に佐藤の友達だったのかも？　とか、うち、やらかしたかもとか、余計なお世話だったかとか、いっぱい思うけど、佐藤にあんな顔……うちの大事だと思える人にあんな顔させるやつなんか、絶対に佐藤の友達じゃなくていい‼」

そう言って、自分の右手で涙を拭って、でも僕の右手を摑んだ左手の力は緩めずに、南野は歩く。

あぁ、と思った。

（これは、無理だ）

心境は完全に白旗の気分だった。

わかっていた。この一ヶ月、少しずつ、僕はわかりすぎるほどわかっていた。

でも、シロを言い訳に、学校とか立場とか、様々なことを言い訳にして、その言葉を、その心に名前を付けるのを躊躇《ためら》っていた。

辞書なんて引かなくても、僕の気持ちについているその名前ははっきりしていたのに。

この目の前の、泣けない僕の代わりに泣いて怒ってくれた少女への想《おも》いなんて、わかっていたのに。わかった上で見ないふりをしていたのに。もう僕は、見ないふりすら許されないほど溢《あふ》れてしまっていた。

「ごめんな、南野」

「………違う‼」

なのに僕の口からこぼれ落ちる言葉は謝罪で、そんなところも南野に怒られる。

「………ありがとう」

少し考えて、僕は言い直した。

「うん、帰る」

次の言葉はきっと、合格だった。

「うん」

「佐藤の家に帰る」

「うん」

手は握ったまま。

僕は、自分の家に、目の前の強くて、脆《もろ》くて、そして大事でどうしようもなくなってしまった女の子に手を引かれて歩いて帰った。

家に入ってからも、少しばかりの時間を僕と南野は無言のまま過ごした。

先程の金崎が言ったこと、そもそものことについて、僕は南野に話をしたいと思っていた。

ただ、僕はこういう時なんて言うのが正解なのかわからなかった。何から話せば良いかもわからなかった。でも、「話してなくてごめん」なのか、「気にしすぎなくていいから」なのか、何かはわからなくても、きっと僕から声を発するべきなんだとは心の中ではわかっていた。

なのに、僕の中の何かが、言葉を発するのを拒否している。

『妹殺し』

そうだと言われれば、否定もできなかった言葉。

南野がそんな風に言うとは思えなかった。

正直、当時の哀《かな》しみも寂しさも、もう残ってはいないつもりだった。ただ、金崎を目の前にして言葉が出てこなかった僕もまた事実だった。

そして今僕の中に渦巻いているのは、恐れだった。人の仮面は剝いでおいて、自分の仮面を剝ぎ取られるのからは逃げるずるい僕は、今もまだ立ち止まってしまっていた。

「うちさ、結構お父さんっ子だったんだよね」

そんな情けない僕の代わりに、こういう時に無言を破るのは、やはりというか南野の方だった。

何から話そうかと、何を話そうかで頭がいっぱいになってしまっていた僕ははっと顔をあげて、南野を見た。

南野の大きな目は、ずっと僕の目に向いていた。

「両親共働きで、お母さんもフルタイムで企業に勤めてるけど、どっちも優しかったの。ただ、お母さんは結構世間体のことも気にする教育ママって感じでさ、うまく行ってる時はいいんだけどよく叱られもして。…………中学の時のことも、高校から別のとこに行くっていうのも結構いい顔されなくてさ。そんな中、お父さんは結構昔から甘やかしてくれて味方になってくれて格好良くて、いつでも千夏の好きにしたら良《い》いって言ってくれたりしたんだよね。ドラマとかに出てくるみたいな、優しく厳しい母親に、家族想いの娘に甘い父って感じで、結構良い家族だと思ってた」

何故《なぜ》、南野が急にそんな話を始めたのか、その心境はわからなかった。

でも、今はいつもみたいに冗談を言う雰囲気でもなかったし、僕も言える精神状態ではなかった。

そして何らかの覚悟を持って、南野が話を始めたのは伝わった。

僕は、何も言わずにただ南野の言葉を聞いていた。

「それが、何かあれ？　って思い始めたのは、高校受験のための勉強を頑張ってる中学三年生の夏あたりからだった。夜遅くまで起きて勉強してる時に、お父さんとお母さんが言い争っていることが多くなったの、それに比例するように、お父さんが帰ってくる時間は遅くなっていった」

「そして、私は無事に受験に合格して、春になった」

「高校に入学する時、お父さんとお母さんは一緒に来てくれた。ちょっとそれが嬉《うれ》しかったりして、私は高校で頑張るねってアピールをするつもりで張り切ってたら、先輩とか同級生に少し可愛《かわい》い子がいる、みたいな噂が流れたみたいで、今みたいになっちゃったんだけどね」

「………そして、それがうちの家族が三人で一緒にいられた最後だった」

「『無理しすぎるなよ、でも頑張れよ』。帰りにそんなことを言われて不思議に思ったのを覚えてる、お父さんはそれから少しして、家を出ていった」

「お母さんは、お父さんのことを悪く言うようになっていって、そうしてうちは、家族が完全に壊れていたのを知ったの」

この冬で正式に離婚するんだってさ、と呟《つぶや》くように、南野は言った。

「…………」

僕の口はきちんとした言葉を発する能力を失ったかのように、しっかりと閉じたままだった。

「漏れ聞いた話と、お母さんの愚痴からでしかないけど、だんだんと帰りが遅くなってたのは、仕事もあるみたいだけど、部下の人と不倫してたみたいでさ。バカみたいでしょ、若いから気持ちがわかるかもとか言ってさ、娘のこととか悩みを相談しているうちにそういう関係になって、子供までできたらしいよ。――ほんと気持ち悪い、最悪だよね」

「親権はお母さんが取ることになるみたい。慰謝料も入ってくるからお金の心配はいらないし、私も仕事してるから大学も気にしないでって言われた。ごめんねって泣かれた」

「…………なのにさ、うち、まだお父さんのこと結構好きなんだよね、馬鹿でしょ？　酷《ひど》いことされたのに、捨てられたのに、お母さんが可哀想《かわいそう》って思うのに、お父さんっ子だったうちのままなの。家だとお父さんは悪者で、苦しくて。学校だけでなくて家でも自分を演じるの？　そんなことを思って、もう無理って歩いてたら、子猫を見つけたの。そして、まるでうちまで佐藤に拾われたみたいに甘えて、帰りたくない逃避先に使わせてもらったりしてる」

だから、本当は合鍵、返すのちょっと嫌だった。

舌を出すようにしてそんなことを言う。

「こんなんなのに学校で人気とか言われて、佐藤の前以外では仮面すら外すことができないの、それがうち、南野千夏です」

「これで全部――――これが、うちの全部」

「………南野」

なんでそれを僕に。その言葉を遮るように、南野は僕の前に手をかざした。

「最後まで言わせて。………ねぇ、佐藤。勝手に押し付けて、勝手に吐き出して、勝手に曝《さら》け出《だ》してごめん。でも、知っててほしかったの。そして、うちは佐藤のことも知りたい」

南野が、全然関わりがなかったはずがいつの間にか目で追ってしまうようになった女の子が、強いようで弱くて寂しがりで、でもやっぱり強い女の子にこんな風にさせて、どう思われるのか怖いなんて、流石《さすが》に格好悪すぎると思った。

言葉を発そうとして発せない口を、無理矢理に開いた。

「………全然楽しい話じゃあ、無いよ？」

「うちの話も楽しくは無かったでしょ？　聞かせてほしい、ゆっくりで良いから」

そう言って、真《ま》っ直《す》ぐな瞳で、でも不安そうに揺れた瞳に、僕は——。

◇◆

ピー……ピー……


静寂の中、ある一室に一定の機械音が刻まれるのを、僕はただ聞いていた。

先程から一言も発せていなかった。

白い壁に囲まれていた。

周りには、同じように白い服を着た大人たち。

そして目の前には、身体中に管をつながれた少女が寝ていた。

生きている、僕に残されたただ一人の家族。

法律上および医学上は死亡していると判断される状態の、つながれたものによって生かされている命。

そして、僕がこれから死をもたらすことになる、ただ一人の、妹だった。

その拳を、血の気を失うほど握りしめ、それでもその拳を振り上げることも、叩《たた》きつけることもなく僕は立っていた。

いつもと同じように始まって、いつも通りには流れなかったその日は、僕が運命とかいう名前の、意味のわからないものに全てを奪われることになった日だった。

――落ち着いて聞くんだ……ご家族の方が、事故に遭われたそうだ。

その言葉を聞いても、僕は笑顔を崩さなかった。

(何を言ってるんだろう、先生)

言葉はわかったが、何を言っているのかわからない。

事故？　お父さんが、お母さんが、美穂《みほ》が？

「……これから、僕の車で病院まで一緒に行く。気をしっかり持って、親戚の方の連絡先はわかるか？」

「きっと大丈夫だから、ね」

廊下で、担任と、学年主任の先生たちが心配する言葉も、僕には実感として響かなかった。

海に行きたいという妹の我儘《わがまま》に端を発して、引っ越し祝い旅行だと先に両親と妹の三人は朝から出かけていった。

僕は、夏休み前の終業式で、部活に少し顔を出したら電車で合流する予定だった。

「うちの父と母は、俗に言う駆け落ちっていうやつだったらしくて、母方の親戚は完全没交渉で僕は知らないんです、後、父方の祖父母は亡《な》くなっています。唯一、父方の叔父だけがいるんですけど、いつも海外を飛び回っている人なので連絡がつくかどうかは」

「…………」

僕の言葉に、質問していた男性教師と女性教師は、共に言葉を失った。

おそらくは、僕のこれからが、多難なものになる予感を受けての無言だったのだろうか。

そうして僕が、実感など何もわかないまま連れられてきたのは、県を跨《また》いだ先の海に面した県立病院だった。

その場所で、最初に訪れた部屋で見たのは、顔に布を被《かぶ》せられた両親。

もう笑いかけることも、叱ることもない、物言わぬ亡骸《なきがら》。

それを見てなお、僕の心に浮かんだのは、『あぁ、ドラマで見たことある』といったような現実味の無いことだった。

白衣を来た男性が近づいてくる。

――沈痛、という面持ちで。

そして少しの沈黙が訪れた。

比較的死に慣れ、それを告げることに慣れている医師にも、これから僕に告げなければいけない現実は重いものであったのだろう。

「……美穂は、妹は、どこですか」

そんな沈黙を破ったのは、そんな僕の声だった。

車に乗っていたのは三人のはずだった。

「……こちらへ」

そう言って、前を歩く医師の背を追う。

医師が、ある病室の前で足を止めるまで、足音だけが響いた。

（……美穂）

そこで初めて僕は理解した。

学校で先生たちに言葉をかけられた時も、先ほどの物言わぬ両親を見た時も、テレビの中のような非現実を漂っていた心が、現実という名の目の前の世界と重なり合う。

「あぁ……っ……」

無意識の内にそう漏れる声。僕の声なのに、遠くに聞こえた。

もう既に、握り締めすぎて白くなっていた手の痛みも、周囲の風景も気にならず、ただ、その先を見る。

その部屋に取り付けられた、ガラスの窓の先で、たくさんの管につながれた少女を——。

「……あぁ……あ」

先程までの光景が甦《よみがえ》る。

窓もない暗い部屋の中に横たわる両親の姿が――。

「…………」

そして思い知る。

自分が、この世界で独りになってしまったということを。

「……ご両親と、妹さんが巻き込まれた事故は、ひどいものであったと聞いています」

言葉を発することなく、ただ医師に顔を向けた僕に告げられた言葉は、このように始まった。

何も反応を示さない僕に、医師は続ける。

子供相手には不釣り合いなほど丁寧で、淡々とした言葉で。

「救急隊が駆けつけたときには、既にご両親は息を引きとっておられました……妹さんは、意識不明の重体でありましたが、まだ生命反応があり、すぐに救命処置が行われました……しかし……」

そこで、落ち着けるように、僕をというよりは、それを告げる自らを落ち着けるように医師は言葉を切った。そして続ける。

「……しかしながら、処置の甲斐《かい》なく、先程、美穂さんは自発呼吸が不可能な状態との判断がなされました。現在は、人工呼吸器によって、心肺が活動している状態です」

「……植物状態、というやつですか？」

僕の言葉に、医師はしかして首を振った。

「……いえ……一般的な植物状態とは、大脳の機能の一部又は全部を失って意識がない状態ですが、脳幹や小脳は機能が残っていて自発呼吸ができることが多く、稀《まれ》に回復することもあり脳死とは根本的に違うものです。今回の状況は……」

「……回復の見込みがない、ということでしょうか」

「……はい」

言葉を失いながらも、搾り出すように尋ねた僕に、医師は頷《うなず》く。

「……現在の状況は、脳幹を含む全脳の機能の不可逆的な停止であり、回復する可能性は……ありません。……人工呼吸器を装着していても、数日以内に心臓は停止してしまうでしょう」

「……つまり」

「現状態で、心臓が自発的に止まってしまうまで呼吸器を装着することが原則です。ただし……当院において、回復の見込みが無い患者様の場合、親族の方の意思を優先することも可能のため、このケースにおいては、意思を確認させて頂く事となります」

「……それは……」

医師の言葉に。僕は悟った。

驚くほどに、心も頭の中も静かだった。

「…………美穂の、妹の近くに行ってもいいですか？」

長い沈黙の後、僕は医師にそう尋ねた。

「…………」

医師は黙って頷き、僕と美穂の二人の時間をくれた。

それからどれだけの時間が経《た》ったのだろう。

一〇分。一時間。

永遠のような一瞬のようなその沈黙の時を終え、僕は改めて目の前の少女を見下ろす。

（苦しそうだ。普段はあんなに笑ったり怒ったりで忙しいやつなのに）

人工的に呼吸をし、そして断続的に響く音と、少女には不釣り合いな管は、僕にはこの上なく息苦しそうに見えた。

「……美穂を、妹を、楽にさせてあげてください」

そう告げた声が、自分のものでないように感じながらも、僕は、自分の意思で決断を下した。

残念なことに、僕は医師の言うことがわからないほど、子供でもなかった。

そしてまた、この状態のままでおこうかと迷えるほど、大人でもなかった。

だから、もう一度口にした。

「こんなに苦しそうなのは、終わりにしてあげてください。……美穂は、痛いのは嫌いだったから」

その声に、医師はただ一人、黙って頷いた。

音が、止まる。

「二〇二一年七月二〇日一六時一八分。心停止を確認」

そう告げた声を聞きながら、僕はただ妹の顔を見つめ続けていた。

南野千夏は、佐藤一が訥々《とつとつ》と話すのを、黙って聞いていた。

今にも泣いてしまいたかった。

目の前にいるヒトを抱きしめたかった。

でも、佐藤が泣かないで話しているのに、うちが泣いたら駄目。そう思って歯を食いしばるようにして何も溢《あふ》れないように、でも目をそらすことだけはないように、全てを聞き逃すことの無いように、じっと話してくれるのを見ていた。

それに、これはきっと、本題だけど全てではない。

全部――――全部話し終わったら、そう思って千夏は椅子に自分を縛りつけるように座っていた。


「正直、そうして独りになった時のことは…………きっと必死だったんだと思う、きちんと覚えているのに他人事《ひとごと》のような、テレビの向こう側に僕がいて、それを見ているような記憶なんだ」

僕は、何も言わずに聞いてくれる南野に向かって、「佐藤一」について話していた。

不思議と、あったことの順に整理して話せている気がする。

「そして、もう少し話は続くんだ。次は、僕の叔父さんの話もしないといけない」

家族を亡くした僕が最初に知ったことは、人が死ぬときには多くの書類と手続きが必要だということと、それには大人が必要になることがあるということだった。

やることは沢山あった。だからこそ、僕は絶望に呑《の》み込まれることがなかったとも言えた。

夏休みの初日から僕は、周りの親切な大人たちに支えられながら、様々なことをした。

父や母の同僚、市役所の壮年の男性、病院の医師と看護師の人たち、紹介してもらったお寺の方、驚くほどに皆親切で思いやってくれて、そして同情的だった。

僕は、初めて葬儀の喪主というものを務め、そして、人生で初めて、葬儀というものにもプランというものがあることや、お墓というものの値段を知る。

そして、死亡者名義の銀行からお金を引き出すこと自体に、相続の問題や各種手続きがあることもまた、目の前のことを片付け続ける僕に入ってきた知識だった。

両親は普通の会社勤めの人間で、資産家というわけではなかった。

また、僕の他に家族はおらず、知っている親戚も連絡の取れないどこにいるかわからない叔父だけだった。

最終的に僕の手元に残ったのは、両親が入っていた生命保険の受け取り権利、そして事故――居眠りのトラックとの衝突だったらしい――の慰謝料の権利、名義人が亡くなったことによりローンが完済となった新築の家、そして、大事故の中、奇跡的に壊れずに残った父のスマートフォンだけだった。

僕だけで可能な必要な手続きを終え、唯一の肉親となった叔父と連絡をするべく行動を始めた。

家の冷蔵庫に貼ってあるメモにも書類の入った場所にも、どこにもそういった連絡先の手がかりはなかったし、僕にとって唯一知っている叔父は、ふらっと現れては色んな国のお土産をくれたり、お小遣いをくれたりする不思議な人で、スマホ一つで色んな仕事をしている実業家と聞いていた。住所不定で様々な場所にいるからホテル住まいな割に、いつもキチンとした格好をした人だった。

ただ、残念なことに僕がスマホを持つようになってからは会ったこともなく、連絡先も知らなかった。

父のスマホを充電したのは、ロックを解除して、親戚への連絡先が無いかを確認するためだった。

充電して、リンゴのマークが点《っ》いた後に来たのは、大量の着信の通知だった。ロックを解除できなくても、通知内容は見ることができた。そして、その最新の通知がつい先程だったことに気づいた時、玄関のインターホンが鳴った。

玄関を出ると、そこには探していた叔父さんが、初めて見るような表情で、乱れた髪に乱れた服装で立っていた。

『翔《かける》』

それが、先程の沢山の通知に表示されていた名前であり、目の前で呆然《ぼうぜん》としている、僕の唯一の肉親となった叔父さんだった。

「すまなかった」

仏壇で、長い間手を合わせていた叔父さんは、僕に向き合うと、そう告げた。

肝心な時に一緒に居なかったこと。

海外にいて、父との共通の知人からの連絡に気づくのが遅れたこと。僕一人が生き残ったことを知り、連絡を取ろうと頻繁に父の携帯に電話をしていたこと。

何とか帰国して、空港からそのままの足で、伝えられていた住所を頼りに来たこと。

本当に、本当に残念だということ。

そして、そこまで話して、言葉を切って、叔父さんは僕を見ながら泣いた。

それは号泣だった。

大人の男性が声を出して泣くのを見るのは、初めてだった。

そして思いっきり泣いた後の叔父さんは、猛然と動き始めた。

あちこちに電話をして、知り合いの税理士や弁護士さんとともに、僕だけでは滞っていた様々な手続きを済ませていった。

叔父さんは、僕のことを大事にしてくれていた。

父と叔父さんは、本当に仲の良《い》い兄弟だった。

「兄貴は、何ていうかルールが苦手で自由にしたい俺の、ただ一人の味方だった。親父《おやじ》やお袋、お前の祖父《じい》さん祖母《ばあ》さんとの間にも立ってくれていたし、俺が外国でふらついてる間にポックリ病気で逝《い》っちまったお袋の最期《さいご》も、その後すぐに亡《な》くなった親父も看取《みと》ってくれた。自分にもやりたいことがあったはずなのに、手堅い企業に勤めることで安心を与える役目も、俺を自由にする役目も果たしてくれたんだ」

運だけではなく才能があったのだろう、僕の父だけしか味方がいない中、入った日本最高峰と言われる大学を中退して起業した叔父さんは、様々な障害を乗り越えつつ、経済的な成功をおさめることとなった。

でも、僕の父は成功した後も何も要求することはなく、金銭的な意味でも全く叔父を頼ることはなかった。せいぜい色んな国に行った際のその国特有の景色の写真や、お土産を頼むくらいだったという。

「……俺は、何かを返したかったんだ。なのに、兄貴も、佳苗《かなえ》さんも逝っちまった。美穂ちゃんまで」

だからその分をハジメ、お前に返そうと思う。そう言って、叔父さんは僕に様々なことを教えてくれた。

何というか、自由と言う割には、生活に必要なことは意外すぎるほど何でもできる人だった。

後からわかったが、叔父さんの時間の価値は物凄《ものすご》く高かった。複数の会社を経営している叔父さんは、色々な場所で必要とされる人だった。

そんな中、僕が生きていけるように、叔父さんは半年もの時間を僕につぎ込んでくれた。掃除、洗濯、料理、家の様々な必要な事項の調べ方。

両親の命に価値が付けられたような気がして、目をそらしていたお金に対しての教育も、みっちり中学を卒業するまで行われた。

得たお金を運用する知識。積立《つみたて》投資のことも、ETFのこと。投資と投機の違い。僕が得たお金は選択肢を自由に持てるようにするための道具にしか過ぎないこと。僕が得たお金は決して父と母が交換されたわけでは無く、むしろそういうときのために、父と母が設定していたリスク運用の一つなのだということ。

学生でもできる、動画編集での稼ぎ方も。

恐らく、この先の、両親がいないというハンデを背負ってしまった僕の人生で、せめて経済面では困らないように、僕の中に生きる術を叩《たた》き込んで、高校に入学すると同時に、叔父さんはまた元の仕事に戻っていった。

あんな中学の最後の季節で、僕がグレることも曲がることもなかったのは、間違いなく叔父さんのおかげだったと言える。連絡は取り合っているし、三ヶ月に一回は会っている。僕の大事な師匠だった。

「僕が一人で暮らせているのはそういう理由。生活費は叔父さんがいざという時は助けてくれるし、ルールに従って運用してるのを切り崩したり配当だったりと、切り抜き動画の配信もお小遣い程度には稼げてる。後は叔父さんに自分のペースでは動けないような、身体を動かして稼ぐことも今のうちに知っておけって言われて、居酒屋でもバイトしてる。そうやって生活しているうちにバイト先の先輩とバスケの話になってさ、美咲さんたちにも出会ったんだ」

ここまでで話を終わりにしても良いんじゃないかとも思っていた。

でも、南野の瞳は、まだ僕の話が終わっていないと促していた。そして、僕もまた、南野に話したかったのかもしれない。これから言うことは、叔父さんには話していないことだった。

――本当に、金崎は余計なことをする。僕の長いとはいえない人生の中で最大の失敗は、あいつと関わったことだった。

「本当は、このまま高校に入学して、南野に出会った話でもいいんだけど。南野が全部教えてくれたから、僕も、僕も全部話したいなって思う。聞いて……くれるかな?」

「うん」

南野は、軽く頷《うなず》いただけだった。

それだけで、僕は安心する。

家族の事故の後、夏休みに入ったことから、友人たちと顔を合わせる機会はなかった。部活についても顧問から話があったらしく、メッセージもいくつか心配してくれるようなものが来ていたが、返す余裕もなく、その後叔父さんとの生活も始まったことから、中学最後の夏休みを僕は中学生らしくなく過ごしていた。

だからそれは、本当に偶然だった。

「あれ、佐藤じゃないか」

買い物で一人で出かけている時だった。声をかけられた先には金崎がいた。

金崎という男は、整った容姿に爽やかな言動、家柄もよく金回りもいい。何故《なぜ》何の変哲もない公立中学にいるのかわからないようなやつだった。そして、当たり前のように僕の中学で一番人気を独走していた。

当時、僕とは同じバスケ部ではあったものの、クラスも違えば行動するグループも違ったため特に深い友人付き合いではなかったが、女子とも良く一緒にいて楽しげに過ごしていることに対する憧れもあったし、特に悪い印象も当時は持っていなかった。

唯一僕が金崎に勝《まさ》っていたのはバスケットボールだった。

僕のポジションはＰＧで、金崎もまた同じポジションだったが、総合的な運動神経はともかくとして幼少期から叔父と父の影響でミニバス時代から慣れ親しんで、意外とバスケというスポーツに適性があった僕は二年生のときにはレギュラーとなっており、金崎は本来のポジションではないＳＧとしてレギュラーだった。

「金崎か、久しぶりだな、部活、すまないな」

この時の僕は、金崎の見た目の爽やかさだけを見ていた。

それが失敗だった。

「いや…………大変だったらしいな、大丈夫か？　部活の方は、まぁ心配はいらないよ。佐藤は佐藤にしかできないことをしてくれ。何かあったら相談くらいは乗るぞ」

当時、ある意味人の厚意に支えられていた僕は、逆に人に対する疑いを持つことがなかった。だから、僕はその当時悩んでいた一つのことを、叔父さんには言えないことを話してしまった。

そう、僕が妹の呼吸器を外す決断をしたことを。

仕方がなかった。そう思っていた。どうしようもなかった、医師の人にも言われ、そう自分に言い聞かせていた。

それでも、少しだけ時間が経《た》って、荷物を整理している内に、僕の中にある小さな棘《とげ》のようなそれは、行き場を求めてしまっていた。そう、僕は誰かに話を聞いてもらいたかったのだろう。

間に合わなかったことで自分を責めている叔父さんには話せなかった。

仲が良い友達は居ても、わざわざ電話や会う機会を作ってまで、そんな話をすることもできなかった。

何となく、偶然会って、普段関わりがない金崎くらいが、壁打ちのように悩みを吐き出すにはいい気がしてしまった。

「実はさ………」

時間はあるし、ちょっと座って話そうぜ。そう言われて喫茶店に連れて行かれた。

飲み物を奢《おご》られつつ、僕は、両親が事故に遭ったこと、妹のこと、モヤモヤしてしまっていること、を何となく話してしまっていた。

金崎は話を聞き出すのが上手だった。

「そして、夏休みが終わっての二学期の始業式、僕の両親が事故に遭ったこと、そして妹を殺したことが学年中の噂《うわさ》になっていた」

「…………え？」

南野が、愕然《がくぜん》とした顔で言った。

「僕は誓って、金崎以外にはそんな話はしていない。先生だって、僕の事情は知っているけど言いふらしたりはしないだろうし、何より美穂の、妹の話なんて誰も知らないはずだった…………」

「なんで、そんな……」

「僕もそう思って金崎に問《と》い質《ただ》したのさ、そうして言われたことに、僕は何ていうか、言い返す気すら失ったんだ」

『心配だったから、つい皆にも話してしまった。噂が変な風に広がってしまってすまない。バスケ部もこんなんじゃ続けられないと思うけど、僕が佐藤の代わりに最後の大会も頑張るよ』

金崎はそう言って、笑った。

何が面白いのかわからないその言葉を聞いて、そして改めて金崎を見て、僕は爽やかさを纏《まと》った目の前の男の醜さを理解した。

そもそも皆に話す内容なのか。

噂がどう変になれば妹を殺した男の部分だけが強調されて広まるというのか。

そうまでして、僕なんかが自分より上にいる分野があることが嫌だったのか？

クラスでもバスケ部でも、気を遣ってくれるやつはいたけど、空気に逆らってまで僕を助けようという友人は居なかった。

そうして、僕は色々と疲れてしまった。諦めたわけでも、投げやりになったわけでもなく、ただ、疲れてしまったのだった。

「……………南野とはまた別の形で、僕は学校の関係性に疲れてしまってたんだ。だから南野が無理しているのも気づいたんだと思う」

「でも、僕はそれでも、叔父さんのおかげもあったし、学校の外にコミュニティがあるってこともあって高校で程々で過ごしている。同じ中学から来たやつも何人かはいるけど、金崎と関わりがあったやつもいないし、何よりD組の佐藤くんのお陰で、『二番』になったからね。そういう意味だと助かったのかな」

「ふふ……長くなっちゃったけど、これが全て。南野風にいうとこれがぜ――――」

言葉の途中で衝撃を感じる、と同時に頭をくらくらさせるような甘い香りと、何とも言えない柔らかさが僕の頭を包み込んだ。

「え……？　南野？」

「バカ！　バカー！　佐藤のバカ！　アホ‼」

南野が、泣きながら、僕のことを抱きしめながら、耳元でバカと叫んでいた。

「なんで、なんでそんな風に悲しそうに笑いながら言うのよ‼　妹を殺したなんて言い方されて良いわけ無いでしょ！　あんたは妹を苦しみから救ったのよ！　そんな風に言われて我慢しないといけないなんてこともありえない！　……………あぁ、腹が立つ、誰よりもしんどかったあんたを、そんな風に笑うようにさせたやつらに‼　――――全然、全然気づいてあげられなかったうち自身に」

「…………なんで南野が泣くのさ」

「ずっと！　ずっと話している間、顔に貼り付けたみたいな笑顔作って、しんどそうな顔して、泣きたいはずなのに…………佐藤が泣かないからうちが代わりに泣くの！」

椅子に座った僕の頭を胸に掻《か》き抱《いだ》くようにして立って、南野は泣いた。

泣いてくれていた。

僕は、あれ以来、涙を流していない。

別に感情がなくなったわけではなかった。

お笑い番組を見たら笑うし、感動する小説を読んだらいいなと思うことはある。

ただ、どうしようもなく悲しいはずなのに、泣くことだけはできなかった。

「……ありがとう、南野。僕なんかのために」

ごめん、は違う気がして、抱きしめられたまま、僕は感謝の言葉を告げる。

「違う」

「え？」

泣いていたはずの南野が、僕の言葉を否定して、柔らかさが離れたと思ったら今度は服の首元を掴《つか》まれた。

目の前に、泣き顔でぐしゃぐしゃになった南野の顔が見えた。大きな瞳に、僕の顔が映っている。

「佐藤は……うちの目の前にいる佐藤一は……優しいし、自立してるし、バスケやってるときは子供みたいに笑う、そんな佐藤は、絶対に誰が何と言っても『二番』でも『僕なんか』でもない！　――――うぅ………ッ‼」

そして、唐突に掴まれた首元を引っ張られた。自然と南野の顔が近づいて――――。

「…………っ⁉」

僕と南野はキスをしていた。

勢いよく引っ張られて、お互いの歯が当たる。でもそんな痛みなんかより、その柔らかさと、あまりに近すぎる南野の顔に僕は呆然《ぼうぜん》としていた。

そして、南野の顔が離れていく。

「…………うち、初めてだからね！　いい？　佐藤は凄《すご》いの！　うちが初めてキスしたいって思うくらい凄いの‼」

はぁ、はぁと真っ赤な顔で息をして、南野はそう言った。

言っていることはわからないけれど、僕と南野がキスしたことと、南野が、僕のことを凄いと言ってくれていることだけはわかった。

「南野…………？」

何か言わなければならない。なのに僕はというと、情けないことに、頭がショートしたように麻痺《まひ》していた。

「――ごめん、話聞くって言ったのに、うち、いっぱいいっぱい過ぎて、今日は帰る

………」

そんな僕を見て、南野はそう言って足早に玄関に走っていった。

送っていく、とすら言わせてくれなかった。

「でも、また、来るから」

耳まで赤くした南野は、去り際にそんな言葉だけを残して、家から出ていった。

僕はいつまでも、唇に残る感触と部屋に残る南野の香りの中で、立ちすくんでいた。

三章　僕と彼女の距離

『（南野）今日、クレープ食べに行かない？』

　僕のスマホに南野からそんなメッセージが入ったのは、あれから二日後、月曜日の放課後、帰る準備をしている時のことだった。それに対して僕はすぐに、行きたいと返す。

　南野は、自分の机でスマホを眺めながらも、明るい声で部活に向かう他の女子や男子たちと挨拶を交わしていた。

　何ともヘタレなことに、僕は南野に対して、あれは何だったのかを聞くことができないままでいた。

　日曜日も、何度もメッセージを打とうとしては、アプリを閉じるということを繰り返していた。僕の親指は、いつの間にか送信ボタンを押せない病にかかっているようだった。

　そして、南野からの連絡もまた、来ることは無かった。

　僕は、僕と南野が今どういう関係なのか、わかっていなかった。

　朝、同じクラスで顔を合わせた南野は、何も無いような顔で挨拶をして、いつものように女子グループで会話をしていた。先週までは、ふと周りに気づかれぬ間隙《かんげき》を縫うようにして目配せをしてきたりしていたが、その日に限っては、僕に視線を向けることは一切なかった。

嫌われたとは思わなかった。そう思うには、流石《さすが》にことがことであったし、その方向に思考が傾くと、どうしようもなく暗くなるのはもう十分すぎるほどわかっている。

日曜日のたった一日だけで、僕のグーグルの履歴には、「キス　何故《なぜ》」とか「キスの後会話」とか、もう見返すと我ながら居たたまれなくなるような文言が躍っていた。

『(南野) 私服に着替えたら、西八の改札先のコンビニの前で待ち合わせで』

ブブ、という通知に、

『(佐藤) 了解』

そう即座に返す。

自分から送るのには躊躇《ためら》うのに、返信はすぐにできるのがまた、僕のヘタレ具合をまざまざと表しているように思えてならなかった。

南野の家がある駅前の、牛乳瓶のトレードマークで有名なコンビニに、僕は家で着替えてから来ていた。

南野も家を出たと言っていたので、もしかしたら来ているかもしれない。そんなことを思いながら店内を見たが、それらしい人影は無かった。

放課後とはいえ、シロのこと以外で南野と僕が一緒に外に出かけるのは、ストリートバスケに連れて行った以外では初めてのことだった。

(……これって、デート、だよね)

土曜日に金崎に会ったことも、その後の南野の言葉も、僕の独白も、きちんと僕に刻みつけられている。

でも、その全てを上書きして余りあるほど、僕の脳内は南野に支配されていた。

そんなことを思っていたからだろうか、ふと南野の香りがした気がした。

あたりを見渡したが、近くにいるのは、サラリーマンらしき男性と、自転車から降りた小学生の男子二人、そして、メガネにお下げ頭の女子高生だけだった。

流石に、南野のことを考えすぎて、その匂いを感じるというのはどうなのだろうか、とちょっと僕は自分に対して引いた。

ただ、中々僕の脳は、その香りを忘れてくれないようだった。

(………ん?)

違和感を覚えて、僕は改めて周りを見た。

やはり南野はいないように見えたが、先程のサラリーマンと小学生の姿は消えていた。

そして、相変わらずお下げの女子高生らしき女の子がスマホを見ながら立っている。

「南野？」

何故だろう。僕の口はその名前を呼んでいた。

すると、その女の子がびくっと肩を震わせて下を向いた。

「…………ぷくく、よくわかったね」

こらえきれない、というように、笑った南野の声が聞こえた。

「……え？」

僕はまじまじと、僕の方にきちんと顔を向けたその女の子を見た。

よく観察すると、眼鏡の奥の瞳には見覚えがある。

髪型も服装も、雰囲気すらも変えて、南野がそこにいた。

「や、土曜日ぶり…………でもないか、学校で会ったもんね」

「本当に、南野なのか？　その格好、それに眼鏡も髪型も」

僕が愕然《がくぜん》としたように言うと、南野は少し不満げな顔を見せる。

「えー、そこで確認しちゃう？　いやー、これさ、学校のある駅うろついても全く知り合いにも気づかれないから結構自信あった変装なんだけどさ。…………正直、佐藤なら気づいてくれるかな、って思ってたら本当に気づいてくれたから乙女的には正直嬉《うれ》しかったんだけどなー」

えへへ、とでも言うように見慣れない容姿で笑う姿は、確かに南野だった。

僕は即座に、匂いで身体《からだ》が勝手に見抜いたということは墓まで持っていくことに決めた。

「いや、流石にちょっと驚いてさ。南野って目悪かったっけ？　ってかメイクなの？　流石にちょっとびっくりなんだけど」

「ふふふ、まぁ、まずはクレープ食べに行こうよ。ほら、こっち」

そう言って南野は、僕の手をさっと取って歩き始めた。

僕の心臓が活発になるのとは裏腹に、南野は自然体のようにしか見えなくて、僕はますますわからなくなる。

でも、外見は変わっても、その手の感触は先日手を引かれた温《ぬく》もりそのままで、僕は、心臓が高鳴りながら落ち着いた心境になるという複雑そのものといった感覚を初めて味わうこととなった。

日が落ちるのが早くなったとは言え、夕陽《ゆうひ》にはまだ早いはずの太陽が、僕の頬を優しく赤く照らしてくれていた。

◇
◆

「あぉ〜〜〜」

南野千夏は、自分の部屋のベッドでゴロゴロと転がりながら枕を抱えて悶《もだ》えていた。

昨日の出来事、というか自分がやらかしたことが頭の中から離れない。

（え……まじで、うち佐藤とキスした……）

何度も光景がリフレインする。

——どう考えても千夏からしていた。

むしろ、キスをしたのではなく唇を奪ったまである。

「うぅ……しかも、その後逃げちゃったっていう」

そう、そもそもイベントが盛りだくさん過ぎた一日だったのだ。

千夏でなくとも、オーバーヒートする。

佐藤と出会うきっかけとなったシロの新しい飼い主のところに一緒に行った日。

何だかんだで初めて一緒に出かけるということで、張り切り過ぎにならず、相手にも失礼にならず、でもその中で目一杯可愛《かわい》く見えるようにコーデを考えて出かけた。

そうすると、意外や意外、女の子には慣れていないはずの佐藤に、あっさりと服を褒められて嬉しい始まりだったし、寂しい気持ちと仕方ない気持ちと、奏さんがどんな人かという不安な気持ちも「わかるよ」って優しく言われて、何だか落ち着かなくなるし。

佐藤は気づいていなそうだったが、当たり前のように車道側を歩くわ、さり気なくこちらの歩調に合わせてくれるわ、着いたら着いたで、何だか大人相手でもきちんと礼儀正しくやり取りしている。

千夏はよく陽キャとかコミュ力抜群とか言われたりするが、本当のコミュニケーション能力というのは、ああいう、他人に自然な形で挨拶をしたり、褒めたり、気を遣えることを言うのではないだろうか。

『高校生なのに、地に足がついているというか、落ち着いていてとても素敵な子ね』

奏さんはとても素敵な人で、お喋《しゃべ》りは楽しかったし、佐藤が席を外している間、千夏に向けて奏さんがこっそり囁《ささや》いた言葉に、何故か喜んでしまった自分が居て。

「…………彼女気取り過ぎる。奏さんニヤニヤしてたし。佐藤は全く反応しなかったけど」

足をバタバタさせてそう呟《つぶや》く。

そして、その後、シロを見に行くという名目で持たせてもらっていた合鍵を少し返したくない気持ちからも無言になって。

でも、演じている時は、他の友人といる時には怖い無言の時間も、佐藤といる時は嫌でも不安でもない自分に改めて気付かされ。

結構考えて選んだプレゼントも、凄《すご》く嬉しそうに笑ってもらって幸せな気持ちになって。

「あの男と会ったのは最低だったけど、でもそのおかげで佐藤のことが知れたってのもあるし……」

多分、あの時、あの出来事が無ければ、きっと自分は佐藤と電車で別れてそのまま家に帰っていたし、きっと、その後も仲良くはできただろうが、あんな過去の話をしてもらうまでには相当な時間がかかっていただろう。

それに——

（…………キスなんていつになったことやら）

まずそんなことが思い浮かんで、いつかはするつもりだったのかよ、と自分に突っ込みをいれつつ、またしても足をバタバタさせる。

そんな風に思う存分ゴロゴロしても、お母さんは今日も仕事だ。騒がしくしても怒られることは無い。

春から多くなった家での一人の時間、寂しいと思ってもそう言えなかった時間。

（でも、佐藤は、あの家でずっと一人なんだよね）

千夏の、母親の仕事で、とか、父親が出て行ったとかそういうレベルではなく。

あの家には、佐藤以外の人間が帰って来ることはもう、無いのだ。

どこか寂寥《せきりょう》感が漂う、なのに居心地が良かった佐藤の家。

家主の居ない家の鍵を開けて、カーテンを閉めて電気をつけて、シロを抱きしめてソファに座ったり、佐藤に勧められた本を読んだり、ゲームをしたり。

お母さんが帰れない日は、佐藤が帰って来るまでいて、『おかえり』を言ったり、帰ってきたばかりの佐藤に駅前の道まで送っていってもらったり。

意外とポンポンとノリよく会話もできる佐藤とゲームをしながらだべったり、作ってもらったご飯に女子力の危機を覚えたり、一緒に宿題をやったり、千夏用のカップが自然と用意されているのにドキドキしたり。

ストリートバスケも見に行った。初めて見る佐藤の世界がそこにあって、初めて会う大人の人たちに、またおいでって言われて、少し大人になった気もした。

全部が全部、新鮮で、付き合う程に佐藤の良さを知って。

そんな風に過ごしていた佐藤に、千夏の何とも言えない寂しさを埋めてくれた人に、あんな悲しい顔をさせたくなくて、泣きたくてたまらないのに涙を忘れた小さな子供みたいな佐藤を見て、泣いてすがってしまったり。

自分なんかと言うのに、そんなことないと伝えたくて、衝動に駆られて唇を重ねてしまったり。

この千夏の感情には、きっといつでも名前を付けられるのだろうと思う。

よくわからないと、わかることはないかもと思っていた感情。

でも、認めるのも怖い。

中学の時の、あの自分に向けられていた感情と、これは同じものなのだろうか？

父と母のように、いつかは壊れてしまうものなのだろうか。

仮面を被《かぶ》っていなかった千夏がいる程度で壊れていた、あんな脆《もろ》いものたちと同じものなのだろうか。

わからなかった。

佐藤は、ただの友達では決してなかった。

千夏にとっては、ただ大事で。抱きしめたいと思う、手をつなぎたいと思う、触れたいと思う。

――――それが、千夏を求めてきた一時的な彼氏だったあれらと何が違うのか。

一番怖いのは、佐藤とキスした時に、もっとと思ってしまった自分だった。

（…………やっぱりそう考えたら、うちって、傷心の状態を聞き出して、不安定なところを唇を無理やり奪って逃げてきたやばい女じゃない？）

「ぁあ〜〜〜〜!!」

もう何度もこのサイクルを繰り返している。

ブブ——

スマホが鳴るたびに飛びつくようにして見る。

友達のグループへのメッセージだった。

佐藤からの、連絡はまだない。

佐藤は、うちのことどう思ってるんだろう。

嫌われてはいないと思う。むしろ、学外にまだ話してくれてないコミュニティがあるとかが無ければ、千夏が一番仲が良い《い》女子であることは間違いない。

贔屓目《ひいきめ》に見ても、あの佐藤の味は深く付き合わないとわからないはずだ。千夏のように。

それに、あの家には他の女の気配はなかった——はず。

「もしかして、付き合うとかに、なるのかなぁ」

そう呟く。正直、感情に名前が付いても、関係に名前を付けるのは怖かった。

きっと高校ではもの凄い反響になるだろう。

それは悪いことばかりではないけど、良いことばかりでもない。残念ながら、千夏は自分の影響力を把握している。

噂話《うわさばなし》も、無責任な陰口も、嫉妬も悪意も。

鈍感ではいられない。きっと大丈夫などと、楽観的でもいられない。

そして、そんなものに疲れて、寄り添うように出会ったのが佐藤一と南野千夏なのだった。

だからこそ佐藤をそんな立ち位置に連れていきたくは、ない。

「…………うう、やっぱり、何であのまま逃げちゃったんだよう、昨日のうちの馬鹿〜。でも、放課後とか堂々とデートとかも、してみたいなぁ」

そう言って、ふと何度目かになる寝返りを打って、千夏はあることを思い出した。

元々、両親が入学式に来ることになって、家族仲に対しての不安から張り切るということがなければ、千夏は高校では目立たないように過ごそうと思っていた。

そのための研究も、実はずっとしていたのだ。

「そっか、そうしよう！」

思いついたその案はとても魅力的で。

だがしかし、そのメッセージを送る決心が昨日の恥ずかしさを超えるためには、一晩経って、もう後がないという放課後の時間までかかることになるのをこの時の千夏は知らなかった。

◇◆

「というわけで、うちの高校地味デビューのための、中学の時の研鑽《けんさん》の結果です」

そう言って、えへん、とばかりに胸を張る南野を見て、僕は感心していた。

地味メイク、と言えば簡単だが、自分がどう他人から見えていて、どういう風に変えられる部分を変えればいいかを相当研究しなければこうはならないのではないだろうか。

「でもさ、実際佐藤は何で分かったの？　さっきも言ったけど、うち、結構実験もして自信もあったんだよね。学校のある駅に変装して行って、男女問わず友達の近くをウロウロしてみるとかさ。後は別の友達のグループに、これ従姉妹《いとこ》の子なんだけどって写真見せてみたり」

「…………」

全く気づかれなかったんだけどなぁ、と嬉《うれ》しそうに話している。

それはきっと、自惚《うぬぼ》れでもなく僕が、南野が変装していても気づけるほどちゃんと見ているのを嬉しいと思ってくれているということで。

僕は罪悪感で、墓まで持っていくことの難しさを知った。

「……佐藤？」

何とも言えない顔をした僕の顔を、屈《かが》むようにして南野が覗《のぞ》き込んでくる。

「…………り」

「え？」

「うう、香りだって！　待ってたら、南野のいい匂いがするなと思って、そう思ったら…………」

言ってしまった。

「…………」

（…………ドン引きされた）

南野が無言で固まるのを見て、僕は内心で頭を抱えた。

何となく手を引かれたままのため、物理的には頭に手をやれないが、空いている手で頬を掻《か》く。

「くくく、あははは！」

こらえきれない、というように笑い始める南野。

クレープ屋に向かう道沿いに、あはははという笑い声が響いて、何事かと通り過ぎる人たちに目線を向けられていく。

「じゃあ何？　佐藤ってば全然変装には気づいてなかったのに、匂いだけでうちの名前呼んだの？　それってめっちゃ――」

「……めっちゃ？」

「……何でもない」

難聴系主人公ではなく、本当に聞こえなかった僕は、気になりつつも笑って流してくれたことにホッとする。

「ごめんって、次からは見た目でも見破れるように精進するよ」

「いやいやいいって……くく、とりあえずうちの変装技術はやっぱ確かだったってことだし、佐藤は見た目が変わってもうちに気づいてくれるくらい匂いも覚えてくれてるみたいだし……それにねえ、知ってる？」

「何を？」

「いい匂いって思う相手とは、遺伝子レベルで相性がいいらしいよ？」

「……………」

ニヒヒ、と言って、いたずら気に、それでいて少し照れたような顔でそんなことを言う南野に、僕は絶句した。

耳に血が集まっていくのを感じる。

そして、南野はそんな僕をまじまじと見ながら考える素振りをして。

「えい」

唐突に顔を首元に近づけてきた。

そして――

「……え？」

今度こそ固まった僕をよそに、南野は一嗅ぎすると身を離して首を傾《かし》げた。

「うーん、無臭？　無臭ってどうなんだろう」

「……………」

え、僕らって実は付き合ってるの？

残念ながら、僕は今まで彼女というものがいたことはなかった。

なので、世の恋人同士と言われる人々が、どんな手続きを踏んでそういう名前の関係性になったのかはわからない。

うーん、と何やら考えている南野をよそに僕の頭の中は混乱していた。

少なくとも土曜日、シロが共にいた時の僕らは友達だった。嫌いになられないように気を遣わないでいい友人。

少しばかり特別な友人関係。

そして、その後は、それこそ言い方を借りれば全部をお互いに聞いた仲になった。

お互いの人生に比べてまだまだ短い付き合いだけど、どう南野が今の南野になったのか、家族のこと、中学までの友人のことを知った。

僕もまた、全てを話した。

初めて全てを晒《さら》す他人。

ただの友人では無くなったのは確かだった。

本当は何か気まずい、シリアスな空気のはずだったのかもしれない。

でも最後のアレで、僕の頭の中は男子高校生らしく完全に女の子のことで一色になった。

金崎？　それ誰？　といった感じだ。僕は最強だった。

――でも、紛《まが》うことなきヘタレだった。

何と最強とヘタレは共存できるのだった。

少なくとも世の中の集合知、インターネットによると、友達は唇を触れ合わせることはしないらしい。………そういうフレンドは除く。

ということは、僕らは自動的に友達から恋人に昇格を果たしたのだろうか？

――いや、そんな筈《はず》はない。

世の中には告白イベントというものが存在する筈だった。

南野は、少なくとも恋人がいた時期はあった筈だ。

友人に勧められて何度か、そう言っていた。

ちょっと正直モヤモヤするのは否《いな》めない。

慣れているのだろうか、南野はどういうつもりなのだろうか。

そこまで考えて、

『うち、初めてだから』

脳髄を支配するように、最後にかけられた声と、赤く染まった耳と、潤んだ瞳が

――


「あ！　着いたよ、あそこあそこ！」

気がついたら僕は、南野の言っていたクレープ屋さんが見える位置まで来ていた。

「お店は大きくはないんだけどめっちゃ美味《おい》しい上にお値段も優しくてさ、一緒にメニュー選んで食べよ！」

脳内ピンク色と化した濁った僕を浄化するかのような穢《けが》れなき瞳で、クレープを楽しみにした少女がそこにいた。

僕は羞恥心と自己嫌悪《けんお》で死んだ。

◇◆

大通りから逸《そ》れた、細い路地を進んだ先にあったクレープ屋は、店内に何故《なぜ》か戦隊モノのポスターが至る所に貼ってある、小さく落ち着いた雰囲気の不思議な店だった。

「うーん、こういう時って甘い系としょっぱい系と、どうにも迷っちゃうんだよね」

先に二組のカップルが並んでいて、その後ろに南野と僕は並んでメニューを見ていた。

生地が焼ける甘い匂いが食欲をそそる。

「今更だけどさ、佐藤って生クリームとかいける系?」

店の外に写真つきで記載があるメニューをにらみながら、南野がそう聞いてくる。

「苦手ではないよ、でもこの写真ほどガッツリだと、う……ってなるかも」

僕はというと、特別甘いものが苦手なわけではなかった。

ただ、写真を見る限り、これでもかとクレープ生地の中に生クリームが詰め込まれており、本当にこのメニュー通りのものが出てくるのであれば、ちょっと一つ丸ごと食べるには胸焼けしそうだった。

「………じゃあ、佐藤はしょっぱい系買ってさ、うちはこっちのいちごの生クリームのにするから、シェアして食べよ」

「うん、いいよ」

なので、南野の提案に自然とそう答えてしまって……ふと思った。

──え？　クレープってどうやってシェアするんだっけ。

そんなことを思っていると、僕らの前に並んでいたカップル──大学生だろうか──が同じように二人でそれぞれクレープを受け取って一口ずつ食べて、その後お互いに食べ合わせている。

（………あれって間接キス）

何だろう、ペットボトルとかコップなんかより余程生々しい感じがするのは。

仲睦《むつ》まじいというか、雰囲気から私たちは恋人ですオーラを振りまきながら、そのカップルはゆっくり食べ歩きながら立ち去っていく。

それが視界に入っていないはずは無いが、南野は何ともなさそうだった。

正直なところ、そういう関係に憧れもあった。

そして、その相手が南野だったら最高だと思うくらいには僕の心はもう南野にやられてしまっていた。

でも少なくともそれをはっきりさせるのは今じゃなかった。絶対違った。

大事なことなので二回言った。

(意識し過ぎか……ってか無理だって意識しないわけないって)

僕の中を構成するヘタレ成分と童貞成分が手を組んで僕の心を占有していた。だからその後、僕は無難にハムチーズを、南野がいちごクリームを注文してお金を払って受け取った後、南野が言ったことにビクッとなったのは仕方がないことだったと思う。

「歩いて三分くらいのとこにうちの家あるからさ、食べ歩きもいいんだけど、ちょっと座って食べようよ」


南野のマンションは、本当に歩いて三分ちょうどの場所にあった。

家に行こうと言われた時に一度、着いた時にも一度、無駄に時計を確認した僕が言うのだから間違いなかった。

玄関を入ってすぐ、廊下右手の案内された部屋は南野の部屋らしく、六畳ほどの部屋には、ベッドと綺麗《きれい》な机と、そして南野らしい可愛《かわい》い小物が沢山並べられた戸棚があった。

僕は、少し落ち着かない気持ちで、目の前の小ぢんまりとしたテーブルに並べられたお皿に載せたクレープと共に、南野がコーヒーを淹《い》れてくれるのを座って待っていた。

部屋全体には、当たり前だが南野の匂いがしていた。

『いい匂いって思う相手とは、遺伝子レベルで相性がいいらしいよ？』

さっき言われたことを思い出す。どう考えても僕にとってはいい匂いだった。

足音を感じる。南野が戻ってきた。

「お待たせ……ってあははは！　何で正座してるのよ佐藤？」

両手にカップを持った南野は、僕を見た瞬間に爆笑する。

確かに僕は何故か自然と背筋を伸ばして正座していた。

「……仕方ないだろ、女子の家に、それも部屋に来たのなんて何も考えてなかった小学生以来なんだから」

「そこは初めてとは言わないんだ？」

「って言っても中学入ってからは初めてだよ、悪かったね慣れてなくて」

「いやいや、好感度アップですよ？　……くふふ」

「笑いが隠れてないっての…………コーヒーありがとう」

「うん、佐藤はブラックで良かったよね。うちはどうしてもミルク入れないと飲めないや」

コーヒーの好みを知るくらいには、僕らはお互いのことを知っている。

心臓の音とは裏腹に、つっかえることもなく普通に会話できているのもその時間のおかげだった。

「いただきます！」「いただきます」

そう言って二人で手を合わせて、クレープを食べる。

「え？　うま⁉」

思わず声が出ていた。

正直クレープなんて値段や量の違いで、味はどこで食べてもそう変わらないと思っていた。

それがこれは――

「でしょでしょ、何か生地が違うのかな？　何でかめっちゃ美味しいんだよね。ほらこっちも食べてみて」

そう言った南野がすっと口元に差し出してきたいちごのクレープも齧《かじ》ってみる。

「あー、これはこれで……意外と生クリーム重たくないんだね、こんなにしっかりしてるのに」

「そうなんだよね。だから食べ過ぎちゃうっていうか、うちもそっちちょうだい？」

「うん、どうぞ」

「いやー、やっぱりこの甘いとしょっぱいの交互は良《い》いね。いつもさ、佐藤にはご馳走《ちそう》になってばっかだから食べてもらいたかったんだよね…………うちのほうが料理スキル低いから、手料理ってわけじゃなくてあれなんだけど」

そう言って、お互いに食べ合わせつつ、クレープがなくなったときには、何となくまだ物足りないような気分に――――。

はっ！　美味さに気を取られて間接キスのことなんてすっかり頭から消えてしまっていた。

っていうか今当たり前のごとくお互いの口に自分の持ってるクレープを。

そんなことを思っていたからか、美味しかったなーと言っている南野の口元を見すぎてしまっていた。

透き通るような、でも瑞々《みずみず》しい質感のそれは、同じ名前を冠している僕のものとはどう考えても違うもののように見えた。

「…………佐藤？」

だから、そう呼ばれるまで、僕は南野もまた僕の方を見ているのに気づけていなかった。

ハッとして唇から目を離して、南野と目が合った。

――僕と南野は、きっと同じことを考えていた。

「あの、さ」「あの……」

二人で同時にそう会話を始めようとして、そして二人で黙った。

南野と僕は目をそらさなかった。――――そらせなかった。

改めて南野の整った容姿を見る。

きれいに整えられた眉、離れていてもわかる長い睫毛《まつげ》、大きな濡《ぬ》れた瞳、バランスの良い鼻、僕の目を引き付ける唇。それらが絶妙な位置取りで配置されている。

何かを言わないと、と思いながら悩む脳と裏腹に、僕の身体《からだ》は南野に近づいていた。膝が伸びて起き上がり、肩にそっと伸ばした手が触れる。

南野がはっと身体をこわばらせて、でも離れようとはせずに、むしろ顔がより近づいて、南野の目が閉じた。

――――ガチャン、ドタン

僕と南野がそれぞれの吐息を感じられそうになった頃、唐突なその音に二人してビクッとなって跳び上がる。

危なかった、今僕は何を。いや、それより今のは？

「え？　お母さんかな、仕事いつももっと遅いのに」

「何かすごい音したよ？　えっと、僕も一緒に行っていいかな。ちょっと心配だし、挨拶もちゃんとしないと」

そう言うと、頭を切り替えて僕は立ち上がって、南野に続いて玄関に向かうのだった。

南野と玄関に向かうと、一人の女性、南野の母親だろうか？　が倒れ込んでいるのが見えた。

「お母さん⁉　どうしたの？　大丈夫⁉」

南野が走って駆け寄っていく。

父親は出ていってしまったと聞いていたので、やはり南野の母親だったが、状況はそれどころではなかった。

「ちょ……すごい熱、ねぇ、お母さん大丈夫⁉　ねぇってば」

人が倒れているのを見て僕も同じくらい驚いていたが、南野が慌てている声で、僕の頭がクリアになっていく。南野の言葉に、南野の母親が頭を起こす。熱のせいだろうか、目の焦点がうまく合っていない感じだった。

「……千夏……？　ごめんね、ちょっとしんどくてお仕事……早退してきたんだけど。なん、だか……頭がふらふらして……」

そう言って、またぐったりと倒れ込んでしまう。

それにすがりつくようにして、南野が抱き起こそうとするが、母親の体格は南野と同じくらいのようで、完全に力を失った身体を支えきれない。

「お母さん？　え、ちょっとお母さん？」

「ちょっと南野ごめん、僕が起こすよ……お母さんって持病とかは？　薬とか飲んでたりする？」

そう言って、失礼を承知で脇の下から腕を差し込むようにして、首を支えながら抱き起こすと、確かに凄《すご》い高熱だった。これはまずそうだ。父親が生きていた頃、インフルエンザが悪化してひどい状態になったことがあるが、それが思い起こされた。

「あ、ありがとう。多分、持病とか薬とかは無いと思う。………ただ、最近は働きすぎなくらい働いてて、いつも栄養ドリンクの瓶があるくらい」

「栄養ドリンクって……お母さんちゃんとご飯食べてんのかな………いや、それよりこの熱はまずい、南野、この辺で大きい病院ってある？」

「え、うん、国道沿いに市民病院があるのが一番近いけど」

「わかった」

そう言いながら僕は、配車アプリで現在地にタクシーを呼びつつ、地図アプリで病院を探した。

七分程度か、これなら救急車呼ぶよりもこのままタクシーをキャンセルしないで待ったほうが早く着けそうだな、そう判断して、病院に電話をかけ、コール音の間に南野に指示する。

慌てている場合は、何か言われたことをやっていた方がいいはずだ。

「南野、もしわかったら、お母さんの健康保険証とか、そういうの持ってきてくれる？　決まった場所なのか、それか財布の中にあるかもだけど、探してみて」

「う、うん」

そうして、病院に事情を話した僕はタクシーで行く旨《むね》を伝える。

ちょうどよく近くを走っていたタクシーが迎車で到着する通知が来たのを見て、南野の母親をお姫様抱っこの要領で抱き上げようとした。

が、結構な重さだ、それなりに鍛えているつもりだったが、人一人を抱えたまま外に行けるかは微妙だった。

「南野、病院に連絡した。タクシーも呼んだから……それでごめん、格好つけといてなんだけどちょっと一人では背負えなそうだから二人で肩を貸してこのまま行こう」

「えっと…………保険証あった！　うん、ホントありがとう、佐藤」

母親の財布から保険証を見つけ出した南野にそう言うと、南野はすぐにもう一方の肩に手を差し込んで、二人で支えるように立つ。

「……ちなつ、ごめんね、あなた？　も」

意識は朦朧《もうろう》としていても、完全に無いわけではないのだろうか。そう力なく呟《つぶや》いた南野の母親に大丈夫ですよ、と声をかけて、南野と呼吸を合わせて玄関を開けてタクシーまで歩く。数分前の甘い空気など霧散していた。


タクシーで料金を払い、南野の母親に肩を貸しながら降りる。

病院の受付には南野に先に走ってもらった。

その後、感染症の疑いとのことで別の出入り口を案内されて、自発的に歩行できなかった南野の母親はそのままキャスター付きの担架で運ばれていき、僕と南野は後を追った。

その後、慌ただしく診断が行われ、タイミング良く空いていたという個室に、南野の母親は入院することとなった。

インフルエンザなどの感染症では無いようだったが、過労に栄養失調、それに風邪が悪化した肺炎からの高熱で、すぐに病院に連れてきて正解だったと医師は言ってくれた。

点滴をセットするのと、身体を拭いて着替えを行うということで、僕だけは病室の外に出て、備え付けられていた長椅子に腰掛けている。

先程までは意識していなかったが、僕の脳裏によぎるものがあった。

病院の匂い。

ここではない光景が、瞑《つぶ》った目の裏に広がる。

少しだけ、病院というものは苦手だった。

そんな中、少し心配そうな、不安そうな声が僕の名前を呼んだ。

「佐藤……大丈夫？」

「あぁ、大丈夫だよ、お母さんはどう？」

首を振って、纏《まと》わりつくような悪夢を振り払う。

そうして目を開けた僕に、南野はおずおずと言葉を続けた。

「うん、今少しだけ意識を取り戻してね……佐藤にもお礼を言いたいって」

「え？　大丈夫なの？」

「うん、というか、この後は薬も飲んでその作用でも寝ることになるだろうからって
……後、妙に頭が冴《さ》えちゃってるみたいで、その、男の子を、親がいない間に家に連れてきてたのにも何か思ってる感じかも。うち、うまく言い訳できてなくて……その、何か言われたらごめん」

「そっか、わかった」

そういうことであれば、ここで問答しているより急いだ方が良いのだろう。

そう思った僕は了解の意を伝えて立ち上がり、扉を開けた南野に続いて病室へと入った。

病室に入ると、南野の母親はベッドを操作して身体を起こしているところだった。

左手は点滴のために管に繋《つな》がれているが、先程までよりも幾分か顔色は良《い》いように見えた。

「こんな格好でごめんなさいね。初めまして、千夏の母です。この度は大変なところを本当にありがとう」

そうして、こちらを見ながら頭を下げてくる。

ただし、先程までのうつろだった目とは異なり、その目はしっかりとこちらを値踏みするかのようだった。今が本来の彼女なのだろう。自然と背筋が伸びるのを感じる。

そのため、こちらとしてもきちんとする必要がある。そう思った僕は改めて対大人用の立ち振舞いへと切り替えた。

「初めまして、千夏さんのクラスメイトで、佐藤一といいます。この度は大事にならなくて良かったです。後……こんなタイミングで言うことでは本来ないんですが、ご不在の間に勝手に上がり込んでしまってましてすみません。ご不安かと思いますが、千夏さんとは友人です、今回はクレープの美味《おい》しい店があると誘っていただきまして、食べる場所というこことでお邪魔させていただいてました」

きっとお礼というのもあっただろう。でも、それだけではないと思っていた。

なので、きっちりとそこまで、はっきりと伝える。

大人相手であっても、きちんと伝えるべきことは伝える。言葉がおかしくても誠意をもってはっきりとした嘘《うそ》や誤魔化しをしなければ、子供の言葉でも聞いてくれる大人が多いことを僕は知っていた。

「……………あら」

そんな僕に、少し呆気《あっけ》に取《と》られたように、南野の母親は口を開けていた。

そういえば、ちょっと名前を聞かないと、何とも話しづらい。そう思って言葉を続ける。

挨拶よりも緊張してしまうのは、叔父に仕込まれたパターンにないからか。

「そして失礼ですが、お名前を伺ってもいいでしょうか？　千夏さんのことをいつも南野って言ってるのもあるんですが南野さんと呼ぶのも変ですし、おばさんともおかあさんと呼ぶのも失礼な気がしまして」

「ふふ…………ふふふ。そうね、改めてになるけれど、私の名前は涼夏《すずか》よ。ハジメ君、でよかったかしら。随分と礼儀正しい子ね。まるでうちの営業とかと話しているのかと思っちゃったわ」

運んでいた時は必死で気づかなかったが、笑った顔が南野によく似ていた。

「恐縮です。ちょっと色々ありまして、こういった初対面の方との挨拶は叩《たた》き込まれているので、生意気に聞こえたらすみません」

「いいのよ、うちの子なんて全然駄目でね。本当に同い年なのよね？　それにしても千夏にこんなボーイフレンドがいるなんてね……正直、とても助かったのもあるのだけど、偶々《たまたま》私が早く帰ってきただけで、いつもは夜遅いのに男を連れ込んで、って最初に思っちゃったのは否《いな》めないのよね。最近の子は進んでいるって聞くし」

最初の挨拶が功を奏したのか、幾分か表情も雰囲気も柔らかくなっているし、冗談も言ってもらえるのはありがたいことだった。

「ちょ、ちょっとおかあさん⁉　何を言ってるのよ」

対して、冗談に使われ、無言だった南野が慌て始める。

「あら、ハジメ君がいい子なのはわかりました。でも、親のいない家に断りもなく男の子を連れ込んだのは頂けないと思っているわよ。確かに私も最近は仕事仕事だし、寂しい思いをさせてしまっているのもわかってはいるのだけれど……それに最近帰りが遅そうだったのは、そういうことだったのね」

「ちが……わないけど、うちらはそういうんじゃないから」

「……まぁこの話は置いておきましょう。それに、ちょっと数日入院するようにお医者さんにも言われてしまったし。お金についても、着替えとかも取ってこないと」

ただ、ちょっと夜も遅くなってしまうからね、そう考えるように、涼夏さんは言った。

「あ、そういうことでしたら、お金はひとまずお貸しできますので、今日のところは売店で買って、明日以降必要なものを持ってきてもらう感じではどうでしょう？　足があったほうがいいと思いますし、遅いからタクシーで送るつもりでしたし」

「え？」と南野が言って、そして涼夏さんは渋い顔をした。

「そんな、お金を貸すって言っても、貴方《あなた》も高校生でしょう？　そういえば、親御さんには…………」

「細かな話は、千夏さんも知っていますし、後でお伝えするとして…………僕に親はいません、事故で死別しました。ですが、バイトや運用でそれなりに稼いでいますので」

「それは……それに稼いでいるって言っても」

「えっと……（具体的に話すのは憚《はばか》られるんですが、親の遺産の運用配当と、月々の切り抜き動画の収入やバイトでこれくらいは）」

なおも疑うように、躊躇《ためら》う素振りを見せる涼夏さんに、口元を近づけて少しばかり具体的な金額を言う。南野に聞こえるように言うには、自慢しているようで気が引けた。そもそも叔父さんが居なければ何もできていなかった身だ。

「――――⁉　驚いたわ………わかりました、貴方には子供扱いしたり遠慮するほうが失礼なのかもしれないわね……この場は一旦甘えさせていただきます。じゃあ、申し訳ないのだけど、ちょっとだけ出ていてくれる？　千夏にその……下着とか必要なものを伝えるから、後うちの口座の暗証番号とかも伝えておくから」

「あ……はい、じゃあ南野、ちょっと外にいるから」

そう言って、僕は病室の外に出た。

正直、南野の母親との初対面ということで大分緊張はしたものの、悪い印象にはならなかったのではないかとほっとした面もあった。

緊張のおかげか、病院の匂いは気にならなくなっていた。

「千夏、ちょっとこっちに来なさい」

佐藤が扉を開けて外に行ったのを確認して、涼夏が呼ぶ声に千夏は近づいた。

「何？　そりゃちょっと男の子を、その……お母さんがいない間に連れ込んだのは良くなかったと思ってるけど、うちと佐藤はそんなんじゃ――――」

「違うの、いえ、確かにそういうことを元々は言いたかったんだけど、今はそうじゃないの」

またお小言かと思っていたが、千夏は涼夏に近づいて気づいた。

ぶっ倒れて入院をしないといけないほど弱っていたくせに、父親が出ていってからあまり会話も無くて、仕事ばかりだったのに、まるで少女のようなキラキラした目をしていることに。

そして、この目をつい最近見た気がした。具体的に言うと三鷹のマンションで。

「あまり待たせちゃいけないから一度しか言わないわよ…………でかしたわ千夏」

「…………は？」

溜《た》められて、母親の口から出てきた言葉に、千夏はぽかんと口を開けた。

――ハジメがここに居たら、やはり似ていると思ったかもしれない。

「は？　じゃないわよ、いい？　ぜーったいに逃しちゃ駄目よ？　あんな好物件……もしかしたら二度と無いかもしれないわよ？」

「…………」

「あのね、高校生とか、若いうちはそりゃあ外見とかそういうものにしか目がいかないかもしれないけどね。誠実で、優しくて、きちんとした金銭感覚もあって、しかもそれを他人のために自然と使えるハジメ君みたいな子は、それこそ大学とか社会人になったら見つけられてあっという間に持っていかれちゃうからね！」

「…………」

「ええ、あの子なら良いわ、いくらでも連れ込みなさい。…………節度はきちんとしないといけないのは言うまでもないけれど、私が許可します。千夏、あなたせっかく可愛《かわい》く生まれて育ったんだから、積極的に行きなさい、頑張りなさいよ？」

無言となる千夏に、涼夏は病人であることを忘れたように矢継ぎ早に言葉を投げつけていく。

「…………おかあさん？」

――――いや、熱の影響もあるのかもしれない。きっと。

南野千夏は、ジト目で自分の母親を見るという経験を生まれて初めてした。

あの後、改めて売店で言われたものを買って涼夏に渡し、再度繰り返すかのように、まさかの男子との仲を応援された千夏は、なんとも言えない表情で病室を出た。

「お疲れ様、ゆっくり寝れば問題ないって話だったし、ずっと仕事で張り詰めていたみたいだったから、却《かえ》ってお休みを取れてよかったのかな？」

「うん……仕事場の方も働きすぎだって、有休もあるから消化しなさいって言ってくれたみたいで。……本当に良かった、ありがとう。うち一人じゃこんなにちゃんと病院に連れてきたりとかできなかった。それに、タクシー代も、一時的な病院代も、着替えとかも全部──」

「良いんだって、叔父さんにも生きたお金の使い方をしろって言われてるし、お母さんにまたちゃんと返してもらうから。本当、南野の助けになれてよかったよ………正直、こんなんじゃ全然返せてないんだけどさ………あ、ちょっとタクシー捕まえてくる。夜だしそのまま南野の家伝いで、僕ももう家まで乗っちゃおうかな」

話しながら病院の外に行くと、そう言って佐藤がロータリーへと先に歩いて行った。

佐藤は優しい。

そう、佐藤はやはりずっと優しかった。

変装に気づいたのが千夏の匂いからだと言われた時は、恥ずかしさよりも先に笑ってしまったが、よく考えたらそれは匂いで見分けられるほど千夏のことを知っているということで、何ともくすぐったかったたし、それで照れる佐藤は可愛かった。

なのに、当たり前のようにクレープ代は千夏の分も払ってくれて、場所代がわりね、と言ってふんわりと笑う様は、千夏にはスマートに見えた。

何よりまずいのは、その仕草にも行動にもちょっとどころじゃなくクラっと来ている自分だった。

(部屋の中で、お母さんが帰ってこなかったら、絶対あれは――――)

『いくらでも連れ込みなさい。せっかく可愛く生まれて育ったんだから、積極的に行きなさい、頑張りなさいよ?』

母親にあるまじき――というかあんなことを言う人だと思っていなかった――声が聞こえる。

いやいや、いくらでも連れ込みなさいって何よ⁉

千夏は赤面しつつ、頭の中から今更新たな面を見せた涼夏を追い出す。叱られると思ったらまさか全力でゴーサインを出されるのは予想の斜め上だった。

そう、涼夏のこともそうだ。

あの佐藤の、緊急時の頼り甲斐《がい》は何なのだろうか。

――――やはり、一人で全てやらないといけなかった経験によるものなのだろうか。

タクシーに涼夏を乗せてくれて、お医者さんの説明にも一緒に付き添ってくれて、起きた涼夏への挨拶も、何というかびっくりするほどに大人っぽかった佐藤。

奏さんとの会話もそうだったが、その、佐藤は高校から外に出れば出るほど輝きを増すような気がしていた。

「南野、オッケーみたいだからこっち……ってどうした？　何か顔赤いような」

佐藤がそう言って迎えに来たのに、ううん、何でも無い、そう答えて千夏は佐藤の隣に並ぶ。

一ヶ月前よりは、少しばかり近い位置取りで。


『(南野) お母さん入院一〇日以上だって』

『(南野) 過労もあって、いい機会だからと健康診断で検査したら数値軒並み悪かったみたい』

『(佐藤) まじか、じゃあその間って南野一人？　大丈夫なの？』

『(南野) うん、まぁ元々お母さん帰りは遅かったし……ただ、ご飯とかがね、コンビニや惣菜《そうざい》ばかりだとちょっと飽きるというか』

『(佐藤) わかる、一人だと買ったほうが楽になるよね』

『(佐藤) よかったら食べに来る？』

『(南野) いいの？』

『(佐藤) 南野さえ良ければだけど……あ、涼夏さんにもちゃんと言っておいたほうが良《い》いかな』

『(南野) 大丈夫だと思う』

『(佐藤) え?』

『(南野) いや、そうだね、お母さんにはうちから言っとくよ。それに、正直ゲームの続きも気になっててさ』

そんなやりとりをしたのが先日の火曜日のこと。

今週は動画編集の作業もあったので、火曜日と土曜日だけがバイト予定だが他の日は家にいる。

そんなわけで夕食に誘ったところ、南野も乗り気だったので、今日は少しばかり張り切って調理をするつもりだった。

だった、というのは現在そうなっていないからだ。

南野との夕食の前に、僕は何故《なぜ》か、再び涼夏さんの入院している病院に一人で来ていた。

朝、珍しくメッセージではなく通話をかけてきた南野の電話に出ると、その声は南野ではなく、涼夏さんだった。

「千夏から話は聞きました。その上で、全然止めるつもりじゃないんだけど、改めてハジメ君とお話がしたくてね。お金もきちんとお返ししたいと思っていたし、本当は呼びつけるような失礼はと思っていたのだけど、聞いての通り入院が思ったより長引いてしまって、ご足労いただいてもいいかしら？　代わりに今日のところはうちで千夏が腕によりをかけてご飯を作るから………ちょっと失敗していても愛情は入ると思うから、広い心で見てあげてくれると母としては嬉《うれ》しいわ」

「ちょっと‼　お母さん何言ってるの⁉　佐藤？　ごめん、ちょっとお母さんが勝手に」

——元気になったようで何よりだった。

そんなわけで、僕は今涼夏さんの病室の前にいるのだが、ノックをしようとして立ち止まってしまっている。

何ということはない、先客がいるのだ。

そして、扉が閉まっているにもかかわらず、少々話している声が外に聞こえてきていた。

ここは病院で、周りが静かとはいえ、閉まっている扉を隔ててまで中の話し声が聞こえることはそうは無い。つまり、中々会話はヒートアップしているようだった。

流石《さすが》に失礼かと思ったのだが、聞こえてきてしまった話の内容から、僕はつい足を止めてしまっていた。

しばらくして、部屋から一人の男性が出てきた。

きっちりと整えられた髪に実直そうな顔。ピシリとアイロンがかけられたスーツに身を包んでいる。

パーツは母親似なんだな、と思いながら、通り過ぎる時に軽く会釈《えしゃく》をした。

会話の内容からも、間違いなく今のは南野の父親だ。

『うち、お父さんっ子だったんだよね』

『中学の時も自由にさせてくれて』

南野の言葉が甦《よみがえ》り、そして、今まで聞こえてきていた言葉もまた、僕の心をざわめかせる。

「…………行くか」

その姿が廊下の角を曲がり見えなくなったのを見届けて、僕は扉をノックした。

「……いらっしゃい、呼び出したのに、待たせちゃったかしら、ごめんなさいね、ハジメ君」

そう言った涼夏さんは、見た目にはいつも通り——とはいってもお会いするのは二回目だが——に見えた。

ただ、先ほどの声が聞こえていたのもあり、僕の口から出てきたのは心配の方だった。

「いえ、とんでもないです……その、大丈夫ですか？」

ともすれば、体調のこととも取れる僕の質問に、涼夏さんは意図を汲《く》み取《と》ってくれたようだった。

知らないことにした方がよければ体調のこととして、そうでなければそのままの心配として、受け取ってもらえれば良かった。

「……聞かれていたのね。違うか、聞こえるくらいの大きな声で話してしまってたものね」

「すみません……僕以外には誰も通らなかったので、他には漏れていないかと……僕も失礼かと思ったのですが」

「いいえ、ありがとう。ごめんなさいね、娘の友人にまで気を遣わせてしまって、本当に親失格ね。あの人に言われた通り……」

そう言って涼夏さんが顔を伏せる。

そう、涼夏さんは随分と強い言葉で責められていた。僕には、正直一度結婚をして離婚するという、男女の機微がわかるとはいえないが、少なくとも聞こえていた言葉は、身体《からだ》を壊して入院した人に投げかけるような言葉ではなかった。

だからつい、言わずにはいられなかった。

「そんなことはないと思います！　……あ、えっと、何も知らないのにすみません」

でも、咄嗟《とっさ》に僕はそう言葉を出してしまった後、涼夏さんの何とも言えない表情に尻すぼみになってしまう。そんな僕を見て、涼夏さんは悲しげに笑った。

「……本当にありがとう。貴方《あなた》のような子があの子の傍《そば》にいてくれたというのは、本当に安心だわ——その、あの子は演じるのが上手《うま》いから」

最後に付け加えた言葉に、やはり南野が学校で無理しているのは勘づいていること、そして、南野のことを本当に想《おも》っていることがひしひしと感じられる。

「………やっぱりその、僕みたいな子供が言うのはおかしいとは思いますけど、涼夏さんは親失格なんかではないと思います。……千夏さんは素敵な女性です、その、外見もそうですけど、きちんと礼儀正しくて、人が悪く言われていることにも毅然《きぜん》と言うこと言えて、内面も」

僕がこんなことを言うのは生意気なのだと思う。でも、この場で、先程の会話を聞いていたのは僕しかいなかった。何より、このままの顔をさせていてはいけない、そんなふうに思い、伝える。

「……ハジメ君」

「うちの親が昔言ってたんです。その、子供の礼儀とか、品性っていうのは、どうしても幼少期から共にいる時間が多い、お母さんの影響が大きいって……まぁ、その時はだからあんたたちは礼儀正しくしなさいよみたいな冗談含みだったんですけど、それはその通りだと思ってて、そういう意味だと、きっと涼夏さんは親失格とかじゃないと思います…………ただ」

言葉を切って、扉の外を見る。

その先の言葉は続けることができなかった。

「…………もしかしたら、父親についても、千夏から何か聞いてた？　というか、あの子、そこまで貴方に話しているのね」

「ええ、事情については一通り…………後は、千夏さんはお父さんっ子だったと、少し厳しいけど優しいお母さんと、自由にさせてくれる甘い父親、と」

「……だから意外だった？　あの人があんな風に言うの…………何ていうか、そういう人だったのよ。自分にも他人にも甘くて、それでいて細かいとこも世間も気になるのに、自分が悪者にはなりたくない人。あの子が今の高校に行くときも、決して良いとは思ってなかったのに、都合の悪いことは私に言わせて、自分は娘に甘い父親をしつつ、最低な裏切りなんてする人…………いや、ごめんなさい、こんな、他人に、ましてや娘の友人に聞かせる話じゃなかったわね」

先程のやりとりだと、南野が言っていたようなイメージとはかなり離れた言葉を使っていたのは男性の方だった。正直違う人なのではないかと疑ったくらいだ。

しかし、やはり彼が父親なのだとすると、もしかしたら状況が変わったからなのかとも思ったが、涼夏さんの様子を見ると、元々そういう役割だったということなのだろう。

躾《しつけ》として厳しくする役目と、甘やかす役目。本来それは、きっと話し合ってどちらがとなるものなのかもしれないが――。

そこまで考えてふと、僕はどこまで踏み込もうとしているのか、そう思って我に返る。

涼夏さんは、先程までの悲しげな笑みではなく、純粋に興味深そうな表情を浮かべて僕の方を見ていた。

「不思議な子ね。何というか、千夏と同世代とは思えないわ……その、ご家族のことは、簡単に千夏から聞いたのだけど。だからなのかしらね、だとしたらごめんなさい。大人であらねばならなかった貴方に、そういう気を遣わせてしまっていることに」

「……いえ、正直僕には、高校の付き合いよりもこちらの方が平常で気楽だったりしますので」

「そう、ありがとう――さて、じゃあそれはそれとして、本題に入りましょうか。私がいない間の千夏を心配してくれていると聞いたのだけど」

「ええ、とは言っても、僕がバイトの無い日にご飯でもってだけなんですけどね。ただ、やっぱり僕は親がいないので、先日のこともありますし、きちんと涼夏さんにもお話ししておくのが筋かな、と………あの、何でしょうか？」

クスクス、と笑う声に、僕は涼夏さんに問いかける。

――というか、僕が言葉を重ねるごとに、意味ありげな笑みを浮かべるのは止《や》めていただけませんかね？

そうして、話すごとに、恐らくは本来のペースを取り戻していく涼夏さんにからかわれながら、僕はいくつかの提案と決め事を約束させられるのだった。

意識している女の子の母親にからかわれるというのは、思った以上に恥ずかしいものだったとここに付け加えておく。

「いらっしゃい、もうすぐできるよ。…………ごめんね、お母さんに変なこと言われなかった？」

僕は、病院から南野の家に向かい、そう言って出迎えられていた。

とても良い香《い》辛料の香りが玄関まで漂ってきている。匂いだけでお腹《なか》が空腹の主張を始めるのがわかる。

「お邪魔します。ううん、普通に会話しただけだったよ？　今日のメニューはカレー？

凄《すご》いいい匂いしてる、お腹空いてきた」

僕は、そう言ってお腹に手を当ててみせる。父親のことは言うつもりはなかった。

「うん、張ったお湯に切った野菜と炒《いた》めたお肉を入れて、最後にルーの素を入れると誰でも美味《おい》しく完成させられるという素晴らしい料理よ」

それに対して胸を張って笑う南野は頷《うなず》いてそう言うと、それよりも、と続けた。

「どうよ？」

くるりとキレイに一回転して、ひらりと布が舞う。

南野は、少しラフな感じのトレーナーに下はジーンズ、その上に薄いピンク色基調のシンプルなエプロンを着けていた。

どう、と言われると正直、めちゃくちゃ可愛《かわい》かった。

同級生女子のエプロン姿ってだけでもやばいのに、それが美少女と言って過言ではない南野なのだからなおさらだった。

「あー……その、正直、めちゃくちゃ可愛い、と思う」

迷った末に、そのまま口に出す僕。

涼夏さんに、結構張り切ってたから褒めてあげて、と言われたのも後押しした。

だが――――

「…………」

　無言だった。

「黙られるとキモいのかと思って泣きたくなるんだけど……」

「いや……えっと、嬉《うれ》しいなと思ってるよ？」

　疑問形だった。

「……ちょっとトイレに籠もって泣いてくるね」

「待って待って⁉　ごめんって、思った以上にあっさり言われて普通に恥ずかしかっただけだから！　鬱オーラ出して個室に籠もろうとしないで」

　自然と褒めるって、難題です。


　カレーは美味《うま》かった。ついついお代わりまでしてしまって、南野にも驚かれたが、レトルトじゃなくて肉がゴロっとしているカレーを食べるのは久々で、何より南野作だったから食欲が旺盛だったのは間違いなかった。

　お腹が満たされた後、洗い物くらいはさせてと台所にいた僕は、洗い終わったスポンジを絞って置いて、リビングのテーブル席へと腰掛ける。

「洗い物ありがと……ちょっと改めて不安だったんだけどさ、お母さんなんて言ってた？

さっきメッセージでどんな話したのか聞いたんだけど、ハジメ君——佐藤に言ってあるから聞きなさいって…………何かグッド的なスタンプも来たからそこはかとなく余計なこと言ってないか不安なんだけど」

スマホで返信しているのだろう、親指を高速で動かしながら南野は言った。

「涼夏さんから？　といってもそこまで変なことは…………言われてないと思うけど」

「その間が不安…………あ、でもその前に、うちはもう一つ気になること、っていうか納得いかないことがあるんだよね」

僕がそう言うと、南野は何か難しい顔でスマホを見て、そしてこちらを見た。

「えっと、何か涼夏さんに言われた？」

南野が不満そうな顔をしているのに怪訝《けげん》なままの僕。

「…………それ」

「それ？」

「何でうちのことは南野なのに、お母さんは涼夏さんなの？　それに、お母さんも佐藤のことハジメ君呼びしてるしさ————」

そう言ってこちらをじっと見つめてくる。

目は口ほどに物を言う、と言うが、今の南野の目は言葉以上に伝えてきていた。流石《さすが》に僕でも南野の言いたいことがわかる。ただ、即座に呼ぶには、恥ずかしさが勝ってしまうのが経験不足な高校生男子の常だと思う。

「ハジメ」

なのに、それを見透かしたように、南野の唇が僕の名前を形作った。

名前を呼ぶだけだ。そういう圧力が言葉の外に見えるようだ。

とはいえ薄《う》っすらと、南野の耳も赤くなっている気がして、それを見て、僕もまた、恐る恐る名前を呼ぶ。

「…………えっと、千夏…………さん？」

ヘタレました。

「…………」

南野は何も言わなかった。

黙ってその綺麗《きれい》な黒髪の毛先をいじっている。

「ち……千夏」

「うん、なぁに？　ハジメ」

何とか恥ずかしさをこらえるように言うと、南野――いや、千夏が満足気に笑って頷いた。

整っているという意味では、普通の表情の方が美人さが際立《きわだ》つが、こうして笑顔を作ると、途端に可愛らしさが際立つ。

これはマズイ。僕は誰に言い訳するわけでもなくそう思った。

何というか下の名前で呼んで、呼ばれて。そして今部屋でこうしていることに、急に現実味が出てきた気がしていた。

僕らは涼夏さんが帰ってこないことも、僕に咎《とが》める家族が居ないことも、全てわかった状態でこうしている。それが、一度意識してしまうと凄く緊張することのように感じられて――――。

「…………涼夏さんに言われた通りになりそうで怖い」

「……そうそれよ、何言われたの？　本当に何も教えてくれないというか……そもそも仕事で忙しくてずっと話できてなかったのもあるんだけどさ。どんどん元気になって、何かああいう風なこと言う人だと思ってなかったっていうか……うち、あまりちゃんとお母さんのこと見てあげられてなかったのかなとか考えちゃう」

「これから話していけばいいと思うよ、ち……千夏と涼夏さんは――――話は、とりあえず食費はきっちり折半でっていうこととか、僕の家の場所がどこかとか、今後の連絡の取り方とか…………後はうん、さっきも言った通りそんなに変な話はなかったかな？」

「嘘《うそ》だね」

僕には隠し事の才能はなかった。

『ハジメくん、貴方《あなた》を信頼した上で言うと、私は元々仕事もあるし、寂しさの面でも、防犯の面でも、正直貴方みたいな子が一緒に居てくれるのはありがたいわ――――何なら泊まっちゃってもいいのよ？　なんてね。……まぁあの子がキミの前でどうなのかは知らないけれど、今後も仲良くしてあげてくれると嬉しいわ。節度を守ってくれるなら、私は何も言わないから安心して、ね』

涼夏さんの言葉が思い起こされる。

何だか一部の語感が変に強調されていたような気がして、笑顔に何とも言えなかったが、これをそのまま伝えるわけにはいかなかった。

（というか、僕に聞いてって何なのさ………）

少し頭を抱えながら、どうにか南野の追及を躱《かわ》しつつ、僕らは楽しく過ごした。

完全にそういうイベントは何もなく、僕はちゃんと帰宅したことをここに記します。

――――節度とは何かわからなくて調べたところ、『行き過ぎのない適当な程度』らしかった。全く役に立たなかったことはここだけの話である。

世の中にはタイミングというものがある。

物事が成功した人は言う。努力は必要だ。才能も必要だ。でも何より必要なのはタイミングが来るかどうかという運と、そのタイミングを引き寄せられる実行力なのだと。

「千夏さ、最近真《ま》っ直《す》ぐ帰るよね？　まさかとは思うけど、オトコでもできた？」

気分は週末に向かおうかという金曜日の昼休み、そんな会話が教室の前の方から聞こえてきて、僕はつい聞き耳を立ててしまう。

何気なく周りを見渡すと、聞いていないふりを装《よそお》って、完全に意識している男子生徒が多数いるのが、僕のいる教室後方の席からはわかった。

相変わらず大人気なのが、南野千夏という少女だった。

「いやー、それがさ、お母さんがちょっと過労で倒れて入院しちゃってさ、家のこととかもしないといけなくて……」

「えっ？　それってめっちゃ大変じゃん、大丈夫なの？」

「うん、知り合いで頼りになる人もいるし大丈夫。ただ、どうしても少しの間、付き合い悪くなっちゃうんだけどごめんね——ついこの間までも猫を預かるからって全然だったし悪いとは思ってるんだけど、今度埋め合わせはするからさ」

そう言って拝むように友人たちに謝っている千夏は、やはり如才ない立ち回りだと、実態を知っている僕はそう感じる。

確かに、この数日はほぼ、というか毎日のように千夏は僕と一緒にいた。

友達付き合いとかは大丈夫なのかな？　と思いつつ、その居心地の良さに甘えてしまっていたが、こうして偶々《たまたま》今日僕に見えた以外にも、色々と根回しはしているのだろう。

さて、そんな風に放課後、結構夜遅くまで――うちに居て遅くなった時は僕が送っていっている――一緒にいる僕と千夏についてだが、特に関係に変化はなかった。

仲は決して悪くはなかった。

ギクシャクするなどということもない。

むしろ、元々お互いの距離感というものに慣れつつあった僕と千夏は、かなりの時間を共にしても、違和感なく過ごせるようになってきていた。

ブブ――。

今もまた、スマホの振動が通知を知らせてくる。

『(千夏) こっそり聞き耳を立てていそうな頼りになる男子くんに質問です』

『(千夏) 本日のお品書きは何でしょうか？ (ワクワク)』

『(ハジメ) 帰りに材料買うけど、今日の献立は、豚しゃぶキャベツのミルフィーユ的なのとほうれん草のお浸しに決定しました』

『(ハジメ) 今日安いみたいだし、後冷蔵庫の開けてあるポン酢使っちゃいたいんだよね』

『(千夏) 既に美味《おい》しそうなんだけど……何か日に日に美味しくしっかりした料理になってくよね』

『(ハジメ) 味付けが好みに合わせられてきたかな?』

『(ハジメ) だとしたら嬉しいんだけど』

『(千夏) うちが作ったのが唯一カレーだったのに比べて、ハジメの女子力の高さが憎い』

『(千夏) ……でも美味しい』

『(ハジメ) 作ってくれたカレー、僕も美味しかったけど?』

『(千夏) 既製品の力に頼って、しかも一品をどん、て出しただけなのと、その日のスーパーの値段をアプリで見て、そこから献立を決めるハジメと、って考えると差を感じるの!』

『(ハジメ) 今日も、買い物一緒に行く?』

『(千夏) 行く』

『(千夏) 一回ハジメの家で着替えて地味モードになってから一緒に行く』

『(ハジメ) ここ数日でどっちの南野も見慣れてきた』

『（このメッセージは取り消されました）』

『（ハジメ）ここ数日でどっちの千夏も見慣れてきた』

『（千夏）よろしいｗ』

『（千夏）ふふ、うちはね、ハジメには南野じゃなくて、千夏って言われるのが嬉《うれ》しいよ？』


――


『（千夏）あれ？　急に机にうつぶせになってどうしたのかな？』

『（千夏）おーい』

『（ハジメ）わかってるくせに突っ込まないでよ』

『（ハジメ）ほら、携帯ばっか触ってないで友達のところに行きなさい』

『（千夏）はーい、行ってきまーす』


メッセージアプリというものは便利だった。顔色が相手には伝わらない。

（行ってきます、か）

その言葉に、帰ってくるってことかと連想してしまった僕は、昼寝を決め込むように改めて机にうつぶせになる。

耳の赤さをコントロールする術は調べても出てこなかった。

そんな風な僕らだったが、僕は土曜日の一件から、未《いま》だ何も言えないでいた。

千夏もまた、何も言わなかった。

あの日、クレープを食べて、その後の出来事。

――きっとあれがタイミングだった。

涼夏さんと知り合えて、認めてもらったのはとても良かったのは間違いない。あの時一緒に居られて良かったと思う。

でも、タイミングを見失って、ご飯の献立も、一日の出来事も、テレビを見ながらの感想も、ちょっとしたやり取りも自然とできるようになったのに。

千夏、とそう呼ぶことにも、ハジメ、と呼ばれることにも少しずつ慣れつつあるのに。

何故《なぜ》かその一言だけは言えなかった。

『僕の感情には名前がついていると思う。キミはどう？　そして僕らは今、どういう関係なんだろう』

世の中にはタイミングというものがある。

物事が成功した人は言う。努力は必要だ。才能も必要だ。でも何より必要なのはタイミングが来るかどうかという運と、そのタイミングを引き寄せられる実行力なのだと。

そして一文付け加える。

タイミングを見失った者のことを、俗に『ヘタレ』という。

間話

「ハジメってさ、魚まで捌《さば》けんの？」

僕がスーパーでふと『特売、養殖の新鮮ニジマス』の謳《うた》い文句《もんく》に惹《ひ》かれて魚売り場の前で足を止めていると、千夏が後ろからそっと近づいて来て言った。

「一応秋刀魚《さんま》とかなら捌いたことはあるかな。ほら、ちらっと話した叔父さんが釣りも時々やる人でさ。一通り、鱗《うろこ》をとって血抜きして、内臓を取って、くらいだから小型の魚ならそこまで大変でもないよ？」

「……うち、もう分かってきたんだ。ハジメの料理に関してのそこまで大変でもないは、うちみたいな料理がそこまで得意でもない女の子にとってはハードルが高いんだよね」

僕の言葉に、千夏がうんうんと納得したように頷《うなず》く。

ただ、その目線は少しだけ興味深そうに、僕と魚を行き来していた。

「二尾、もらっていいですか？」

魚売り場の担当らしき、恰幅《かっぷく》のいい女性店員さんにそう言うと、まばらな主婦に混じって魚を見ている高校生二人という僕らを、少し物珍しげに見ていた彼女はにこやかに微笑《ほほえ》んで魚を取ろうとしつつ話しかけてくれる。

「良《い》いねぇ。彼女に魚を捌いてあげるなんて見上げたもんだ。うちの息子にも見倣《みなら》わせたいところだよ。あんたも若いのに男を見る目があるね、この子はよく買い物に来ているけれど、店員に対してもきちんと礼儀正しいし、買っていく食材もしっかりしてるからね」

咄嗟《とっさ》に僕が、彼女というわけではなくて、という言い訳をする前に、千夏が少しテンションの高く答えた。

「あはは、そう言ってくれると嬉しいです！　それにしてもよく見てらっしゃるんですね」

「いやね、息子もあんたたちくらいの歳《とし》だけど、スーパーで食材、なんて余程メモをちゃんと渡さないと買ってこられないからね。そんな中で定期的に来てくれているそこの男の子はつい見ちまってさ」

「なるほど、確かにそうかも。というかうちも女子ですけどハジメ程の女子力は無いというか」

「いいじゃないか。その分他のことで男を癒やしてあげるというのも、女の甲斐性《かいしょう》ってもんだよ」

そんな風に、店員さんと不思議と話が弾みはじめた千夏に、流石《さすが》だなぁと僕が見ている
と、千夏がふとその視線に気づいたようにして、少しだけいたずらっぽく小声で言った。

「……ねぇねぇ、ハジメはうちといて少しは癒やされてる？」

「…………」

顔が赤くなっているだろうことが自分でも分かる。

僕は急にそういうことを言ってくるのは反則だと思うのです。

「あっはっは、良いもの見せてもらったから、少し大きめで活《い》きが良さそうなのを選んで
おいたよ」

そんな僕らを見て、店員さんがそう言いながら魚を入れた袋を手渡してくれるのに御礼《おれい》
を言って、家に帰り着くまで、少し照れた僕に千夏は満足げににこにこしていたのだった。

「最近は動画でも確認できるからいいよね、千夏もやってみる？」

「え、いいの？」

「やってみたそうだったし、食べるのは僕らだけだからさ」

家のキッチンで二人並んで、僕らはスマホで動画を見ながら捌き方を確認する。

それぞれで見ればいいのかもしれないけれど、何となく二人で肩を寄せ合って同じ画面

を見ていた。

――少しだけ、動画の中身よりも、ふわりと漂ってくる香りに気を取られていたのは気づかれていないはず。

「できそうな気がしてきた」

「千夏は包丁が使えないわけでも無いしさ、そこまで難しくないからできると思うよ」

真剣に動画を見ていた千夏がそう言うのに僕が答えると。

「………やってみる」

千夏がそう頷いた。

そこまでの決意は必要ないんだけどな、と少し微笑ましく思いながら、僕はまな板と包丁を取り出して、お手本とまではいかないまでも、一尾分を包丁を入れて内臓と血合いを取る。

「わわっ！　思ったよりヌルヌルして滑るかも」

「そうそう、だから最初にたわしで鱗とぬめりを取っちゃおう」

「……もしかしてこれでできた？」

「うまいうまい！　ね、意外と包丁を入れてからは簡単だったでしょ？」

そんな風にして作った二人分のニジマスを、塩を振りかけてグリルに入れる。

その間に、千夏が食器を出してくれようとしていた。

（……正直、僕らの関係がどういう名前なのかはまだはっきりしてないけど、できたらこういう時間が続くといいな）

僕は、何気ない夕食の準備の中で、そんなことを改めて思うのだった。

四章　僕と彼女と感情の名前

集中。没頭。迷いや雑念を忘れて思考の海に潜りながら身体《からだ》は反射に任せていく。

長年やっているからか、不思議とそうなれる瞬間がある。僕はこの感覚が好きだった。

ダム、ダム……

手にボールの感覚が馴染《なじ》む。

見ていなくても、そこに居ることを感じる。

半面のコート上を俯瞰《ふかん》して観《み》られていた。

ダム！！！

緩急をつけたドライブで、一人を抜く。

キュッ‼

即座にフォローに来るもう一人のディフェンス、でも、これで詰みだ。来なくても自分で決めるし、二人ともこちらに来たならば、そんな時はきっと。

ビッ！！！

ノールックでアイツがいるだろう方向にパスをする。

相手の驚いた顔と、見えていないがきっとニヤリと笑ったであろう真司の気配。

バシッ！　……ピッ！！！！！

フリーで受け取った真司の手から、そのままボールが即座に放たれ――――

ザシュッ！！！！

気持ちのいい音が鳴った。

自分が決めるのも好きだが、こうして相手の虚をついて、そして味方が決める音も好きだった。一瞬の全能感、快感。この感覚さえ味わえるのであれば、場所はどこでも良かった。ついこの間までは、それだけで良かった。でも今は――――。


土曜日、バイト上がりのバスケに、僕は千夏を連れて来ていた。

今日は千夏は朝に涼夏さんのお見舞いと着替えを交換しに行き、その後は昼から僕の家で共に過ごしていた。とは言っても、配信されているアニメを一緒に見ていただけで、スパイと暗殺者と超能力者の家族の物語は、中々二人で楽しめたとだけ言っておく。

夕方から僕はバイトだったのだが、これまた行ってみたいと言う千夏が、カウンター席に座って僕が働いているところを、ジュースと焼き鳥を摘みながら居座っていたのだ。うちの店は、カウンターの前に調理台と焼鳥台が見える店で、言い換えればキッチンで働いているところがカウンターからよく見える。

流石に土曜日だからとは思ったのだが、実際初見で一人で入ってくるような人はほぼおらず、カウンターに座るのは常連と言っていい人たちだけだったこともあり、カウンターに一人くらい良いよ、ハジメのモチベーションも上がるだろうしね、と店長と先輩──どうも先輩の姉である美咲さんから噂《うわさ》を聞いていたらしい──にニヤニヤされながら言われ、常連の人にもニヤニヤされながら注文され、僕はアクリル越しに千夏に見られながら、キッチンで働くという経験をしたのだった。

「で？　そのタオル、南野からでも貰《もら》ったのか？」

僕が一試合終えてタオルで汗を拭っていると、共に試合をしていた真司がニヤニヤしながらそう問いかけてきた。目線は今日一緒に来ている千夏──本人はカナさんと何か話し込んでいるようだが──を見ている。

「……………お前はいつからエスパーになったんだよ？」

「あん？　いつも無地のタオルばっか使ってたヤツが、急にちょっとセンスのいいもん使い始めてたら誰かに貰ったもんだとわかる。そして、俺の知る限りお前にそんな物をプレゼントしそうな奴《やつ》は、今日も一緒に来ている南野くらいかと思った、それだけだ」

「……はぁ、何から何までその通りだよ」

僕はため息をつきながら答える。

粗野なように見えて、意外すぎるほど人を見ている。考え方も論理的で、しかも頭の回転も速いときた。

天は人に二物も三物も与える。

「で、もうヤッたか?」

「おい……そもそも僕らはそういう関係じゃない」

「まだ、って付きそうだけどな。ったく、これだから童貞と処女はよ…………マジな話、似合ってるとは思うぜ。お前はもう少し枷《かせ》を作った方がいいし、南野も、興味なかったんだが、ちょっと気になって見てみたら何ていうか、歪《ゆが》みがありそうだからな」

「……真司」

「だから、さっさと決めちまえって、なんなら俺がレクチャーしてやっても――」

「それはいらん…………でもサンキューな」

「……おう」

猥談《わいだん》にしようとしつつ、その実本当に心配してくれているのだとわかる。だからこいつとは組んでいる。

――――でもレクチャーはいらない。いやマジで。何が悲しくて同級生のモテ男子に教えを請《こ》わないといけないのか。

「何だお前ら、恋バナならおっさんも混ぜてくれや」

「……先輩、その絡《から》み方はどうかと思いますけどね。や、ハジメくん、先週ぶり。今日も彼女連れのようで何よりだよ」

そんなことを真司と僕が話していると、コートに入ってきた長身の社会人二人が、近くに寄ってきた。

今日はまだ試合はしていないが、そういえば前回千夏を初めて連れてきた時に、対戦した二人だった。

会社の先輩後輩とのことで、僕らよりも一回りは年上のはずだが、気安くしてくれるおかげで仲良くさせてもらっていた。

「ゲンさんに、マコトさん、お疲れ様です」

僕はそう言って挨拶する。

先輩と呼ばれている方がゲンさん、いつもゲンさんに突っ込みを入れているのが若いマコトさんだった。字は知らない。

ただ、ゲンさんは家族持ちで、奥さんによく怒られつつも、娘を溺愛していることは知っている。

マコトさんは、先月彼女に振られたと言っていたのも知っている。

僕のことを、事情は聞かないが何故《なぜ》か気にかけてくれる、優しい二人。そんな関係だった。

まぁ、ゲンさんはよく真司の煽《あお》りに乗せられているが。

そして、千夏は千夏で、あちらでカナさんと話に花を咲かせているようなので、そんな二人と、真司に絡まれながら僕は少しばかり恋愛相談的なものをすることにした。

レクチャーはいらないが、タイミングを逃した時のアドバイスを貰うには、同年代の真司に、既婚者のゲンさん、後、振られたとは言え彼女がいて、人当たりもいいマコトさんは良い《い》人選だと思った。

「……はぁ、キスでドキドキしたのは一体いつ以来だろうなぁ、甘酸《あまず》っぺーな、ビールが飲みてぇ」

「……いや、独り身には中々くるものがありますね。俺もこんな青春送りたかったなぁ。先輩はむしろ、自分より娘さんの方がそうなりそうですもんね」

「とっとと告れ、そしてヤレ」

どれが誰のセリフかは言わない。

ただ、一通り深い事情は割愛しつつこれまであったことを簡単に話した僕は、早速三人共全く役に立たないのではないかと後悔し始めていた。

「娘は誰にもやらん」

「そんなこと言いながら、すぐお父さん臭いとか言われちゃうんですよ。今七歳でしたっけ？　あー、もうそろそろですね」

「………言うな、現実はわかってるけど意外とまだ仲良くしてくれるんだよ。くぅ、でもいつかは娘もこういう風に青春するのか。そして絶対俺には教えてくれないんだろうなぁ」

何故か僕の相談に乗ってくれていたのに、将来の娘さんのキスに悩み始めるゲンさんに、あははと笑うマコトさん。それに呆《あき》れたような顔をした真司は、もう素知らぬ顔でスマホをいじっていた。

おいお前ら聞いた分の対価を払え。

僕のそんな想《おも》いが通じたのだろうか、ゲンさんがふと真面目な表情でこちらを見て言った。

「……あー、そうだなハジメ、俺もこいつも正直お前に教えてやれるような青春は送っちゃいないが、まぁ何だ、とりあえず好きな相手にはまず伝えてみろ。結局のところ、相手の気持ちなんて分かりっこねぇんだ。これは恋人になろうが、夫婦になろうがな。――そして、勿論《もちろん》相手にとってもこっちの気持ちなんて知ったこっちゃない。だから、ちゃんと伝えてちゃんと聞く、これだけだ」

「そう言いつつ、先輩がスマホ見ながらダラダラしてて話聞いてなかったとかで、こないだも奥さんと喧嘩《けんか》してましたよね」

「…………」

凄《すご》くまともなことを言ったのに、マコトさんにブーメランをされてゲンさんは離脱した。

「あぁ、イジメすぎちゃったかな？　でもハジメくん、僕もゲンさんの言うことには賛成だね。その上で一つだけアドバイスできるとしたらさ、惚《ほ》れちゃったら最初から全部負け戦なんだよ。そして持てる武器は情熱だけ。だからさ、ハジメくんにできるのは、熱をちゃんと伝えることだけ…………まぁ、それがうまくできなくて振られた僕が言うのもなんだけど…………そしてよく考えたら相手があの子か、ハジメくんまじリア充すぎる。え？　そもそもこれアドバイスいるっけ？　……一度もげてもらっていいかな？」

そして、マコトさんもそれっぽいことを言いながら、千夏の方を見て、僕を見て、何故か荒《すさ》んだ表情になって離脱した。

「要約すると、言ってる通りさっさと告れってことだ。一〇〇％って言葉は好きじゃねーが、まぁいけんだろ」

真司はそれしか言わない。

そして僕は知っている。少なくとも出会ってからのこの半年あまり、こいつは自分からそういうことを相手に言ったことは無いはずだ。いつも誰かに惚れられて、そして、振られてを一定のスパンで繰り返している。

つまり当てにならない。

「……ただ、そうだよなぁ、ちゃんと伝えて、ちゃんと聞け、か」

今日は夜遅いからまた次の機会にでもと思っている僕は、だから駄目なのだと知っているが、アドバイスらしきものはしっかり心の中に根付いたのだった。

◇◆

じゃあちょっと行ってくるね。そう言うハジメを見送って、千夏はベンチに腰掛けた。

何も言わずにハジメが、あの時のお礼にと贈ったタオルを持ってきてくれているのが見えて、心が温かくなる。

『まさかとは思うけど、オトコでもできた？』

クラスメイトにそう言われて、お母さんの入院の話をして話を逸《そ》らしつつ、否定もしなかったのは、自分がどんな状態か自分でわかっているからだった。

千夏は、ここ数日で更に近くにいることが自然となってきたハジメを見る。日々、自分の中でのハジメの比率が更新されていく。

そんな中で、このままダラダラと今の曖昧な関係を続けるつもりは無かったが、同時に今の友達以上だが恋人未満を地で行くような関係性が心地よく感じる自分もいた。

「また会えて嬉《うれ》しいよ千夏ちゃん、どう？　ハジメっちと仲良くやってる？」

視界の端に映り、そちらを向いて会釈《えしゃく》をする千夏に、ニコニコしながらカナさんが手を振って隣に腰掛けてくれる。

二度目ではあるが、まだ慣れない感じがする場所でこうして知り合いに会えるのは純粋に嬉しいことだった。

「こんばんは、カナさん。はい、仲良くはやってるんですけど……」

「……あれ？　何か悩みでもある感じ？　いいねいいね！　これぞ青春！　お姉さんに何

でも相談してみなさいって！」

カナさんは元気だった。

その笑顔と元気に、千夏は、思い悩んでいたことを相談してみようかな、と考える。

余波を考えると、絶対に高校の友人には相談できず、お母さんは、と考えて、最近新たな顔を見せ始めた様子を思い浮かべて否定する。

二ヶ月前であれば、そんな悩みを自分が抱えることになるとは思いもよらなかっただろうし、たとえ悩みがあったとしても、それを自分が他人に相談することなど、当時の自分が聞いたら信じられなかっただろう。ただ、今千夏は誰かのアドバイスを欲《ほっ》していた。目の前のお姉さんならば、確かに経験に基づいた話をしてくれるのではないだろうか。

「それじゃあお言葉に甘えて…………いいですか？」

「勿論、どーんと来なさいって」

「……カナさん、キスしたいとか、触れたいと思うのと、好きとか付き合いたいって感情は別だと思いますか？」

「おお？　またグイグイくるね……それにしても、ふふふ…………あ、ごめんごめんバカにしたわけじゃなくてさ、あたしも同じこと考えたことあるなーって」

千夏の口をついて出た質問にカナさんは目を丸くして、とても嬉しそうな笑顔で答えて

くれる。そしてその言葉に意外なものを感じて、千夏は改めてカナさんを見た。

「え？　カナさんもですか？」

「そりゃあね、女の子でもしたいことはしたいし、でも、何ていうかそういうのがさ、『欲』っぽいっていうか、ちょっと悩んだりすることはあるよねー。千夏ちゃんとハジメっちは、まだ付き合ってないんだっけ？」

「まだっていうか……はい、そうです……こんなこと言ったら清楚《せいそ》ぶってるとか思われちゃうかもなんですけど、その、うちは、色々あって恋人とか、そういう関係になるのも怖いって気持ちがあって。でも、やっぱキスしたいとか、触れたいとか思っちゃうし、それって……性欲なのかな？　って」

「うーん、勝率一〇〇パーな気がするんだけどな。まぁそれはさておき、あたしが言えることとしては……」

千夏が、上手《うま》く言えない想いを何とか言葉にしつつ音に乗せるのを、ふんふんと聞いてくれて、カナさんはそうして言葉を切った。

「はい」

それに先を促すように千夏は頷《うなず》き——

「まずやっちゃえ」

「……はい？」

そして続けられた言葉に固まった。

それに対して、カナさんはケラケラと笑って続ける。

「あはは、そんな固まらないでよ、別に冗談ってわけでもなくて真面目な話でさ。……えっとね、キスしたいから付き合うとかさ、エッチしたいからって近づいた場合ってね、要は、そういうことをした後に冷めるわけよ……でもね、そうじゃない場合は、した後でももーっとしてあげたくなるし、好きだなって思うよ」

そう言って、カナさんは相澤の方をちらっと見る。

あちらも試合が終わり、見たことのある大人の人と、ハジメと相澤が飲み物を飲みながら話をしているようだった。

「でさ、少なくともあたしは、する前にそうなるかどうかは判別できないのよね。まぁ、もう少し進むと今度は、果たしてそれが欲なのか恋なのか情なのかみたいな話にもなるんだけど――」

「……でも、もしした後にやっぱり違うってなったらどうするんですか？」

「え？　そりゃそん時は仕方ないっしょ、縁がなかったってことで」

千夏がそういうものか、と思って、ふと感じた疑問を口にすると、あっけらかんとカナさんはそう言った。サバサバしてる。

でもだからこそきっとカナさんは、さっき言っていた悩みの結果実際にそうしてみて、そう考えてみて、今ここにいるんだと不思議と自然とそう思えた。

「…………なるほど」

「でもさ、実際相手はハジメっちなんでしょ？　大丈夫だと思うけどなぁ、それこそ今、あたしに言ったような相談をそのままにしても…………いや、でもハジメっちも健全な男子だから、したいってなったら飛びついちゃうか」

飛びつくとは。

ふと想像してしまい、顔が赤くなるのを自覚する千夏。

「あー、何ていうか、千夏ちゃんを見ていると歳《とし》を取った気がするなぁ」

それを見て、どこか遠い目をするカナさんが呟《つぶや》くように言う。

でもまぁ、相談か。お母さんのことがあって有耶無耶《うやむや》になってしまっていた感はあったが、そろそろきちんと話をするべきなのは間違いなかった。

「ありがとうございます、カナさん。うち、ちゃんと話してみます！」

「うん、もしそれでハジメっちに押し倒されたら教えてね！　あ、連絡先教えてよ」

「はい……え、いや、押し倒されても教えませんけど……これ、うちのＩＤです。また、相談乗ってもらってもいいですか？」

「勿論、あたしさ、一人っ子だからこういう妹的な、年下の子の相談乗るのとか憧れてたんだよね。せっかくの縁だから仲良くしてね、千夏ちゃん」

「はい、カナさん、これからもよろしくお願いします」

見ると、ハジメの方も話が終わったようで、社会人の男性二人がどこか憔悴《しょうすい》したような顔で離れていくのがわかった。

（そうだよね、ちゃんと話そう）

季節も秋から冬に差し掛かる頃。夜になると少し冷える。

でも、千夏の頬が赤くなっているのはきっと寒さのせいだけではなかった。

明日以降で落ち着いて話が出来る時にでもハジメと時間を作ろう、この時の千夏は、そう思っていた。

◇
◆

相談という名前の雑談をしてしまったのもあって少々遅くなったことから、僕は千夏と電車に一緒に乗って送っていくことにし、千夏をマンションまで送り届けた頃には、もう二二時を過ぎる時間になっていた。

明日も休みとはいえ、流石《さすが》に高校生の身で遅くなりすぎると運が悪いと駅前の警察に注意されてしまう。名残惜しくとも早めに帰らないといけなかった。

「今日もありがと。……じゃあ、また明日ね、ハジメも気をつけて」

「うん、ちょっと流石に遅くなりすぎちゃったね、ごめん」

「うちが居たかったんだし、こうして送ってくれたし、謝らないでよ……ふふ、名残惜しくなっちゃうから、じゃあ行くね！」

スマホが震えたのは、同じように名残惜しいと言ってくれた千夏が入っていくのを見送って、歩き始めてすぐのことだった。そのメッセージに僕の心臓が一際《ひときわ》大きな音を立てる。

『(千夏) ハジメ、まだいる？ 何か、家の中に誰かいる、かも』

『(ハジメ) すぐ行く、待ってて』

僕は慌てて元来た道を戻りながら、千夏にメッセージを返した。

——念のためにアプリを操作しておくことにして。

「……あ、ハジメ、ごめん、うち」

「大丈夫だから、それで、誰か居るっていうのは？」

以前も来た千夏の家の扉の前で、千夏が少し青ざめた顔でこちらを不安そうに見ていた。

謝ってくるのに首を振って、扉に目を向ける。通路からでは、中は窺《うかが》えないが、部屋の中に誰かの気配がするということだろうか。

「それが何だか、うちが開ける前に鍵が開いてて、え？　っと思ってそーっと開けたら、リビングの電気が点《つ》いてて……………元々お母さんとうちしか居ないのもあって、絶対確認するようにしてるから閉め忘れたりはしてなくて」

「わかった、鍵は開けたままにしておいて、一緒に入ろう。靴は、申し訳ないけど履いたまま行こうか、千夏は携帯でいつでも電話できるようにして、後から来て。放っておくわけにもいかないし」

そう言って、僕と千夏は扉を開けて、中に居るらしき人に気づかれないようにそうっとリビングの扉へと向かう。

話し声が聞こえた。

ただ、これは中の人が話していると言うよりはテレビが点いているようだった。

（…………？）

知らない家に入って、テレビを点けて寛《くつろ》ぐようなことがあり得るだろうか。

僕は違和感を覚えて、千夏を振り返る。

もしかして、と思ったことがあった。

「千夏、もしかしてお父さんが帰ってくるとか聞いてない？」

「え？　ううん、何も聞いてないけど」

「多分、大丈夫だと思うから、靴を脱いで、でも念のため一緒に入ろう」

「…………うん、でも何で急に」

「どういうことなんだ？　こんな遅くまで…………しかも、男と一緒に帰って来るというのは。千夏、ちゃんと説明しなさい」

中に居たのは、やはり千夏の父親だった。

そして、リビングの扉を開けた千夏と、そして続いた僕を見て、千夏の父親は驚きを隠せないように立ち上がり、僕らへと詰め寄った。

「お父さん？　どうして……」

「どうしてもこうしても、涼夏の様子を聞いて、こうして戻ってきたんじゃないか。そうしたら中々帰ってこないから、ずっと心配していたんだぞ」

違和感を覚えた。

言葉自体は普通のことだ。

揉《も》めているとは言え妻が入院したことを知り、そして娘の心配をして家に戻ってきた。そして遅くまで帰ってこなかった娘が、よりによって見知らぬ男連れで家に帰ってきたのだ。

確かに心配と困惑が生まれるのは分かる。

僕が、涼夏さんとの会話を聞いていいなければだが。

千夏に対しては心配そうな表情で、しかし僕に対しては睨《にら》まれるようにして近づかれ、そしてその吐息から微《かす》かにアルコールの匂いがする。

よく見ると、テーブルの上にはビールの缶のようなものとつまみが見えた。

顔にはそこまで出ていないが、少し酒気が回っているのかもしれなかった。

「初めまして、夜分遅くに申し訳ありません――その」

「キミ、名前は？」

声を荒らげるわけでは無いが、言葉の途中で切られるように名前を聞かれる。

なるほど、そういうタイプの人か。内心で思いつつ、なるべく落ち着きを保てるように呼吸を整えながら、僕は答えた。

「佐藤一です。千夏さんとは同じ高校のクラスメイトです」

「ほう、クラスメイト、ね。この時間まで一緒に居て、一緒に家に上がり込むのがクラスメイトなのかな？」

少し馬鹿にしたように、道化のような口ぶりで父親は言う。だが、どこかその口ぶりの中に、焦《あせ》りのようなものを僕は感じ取った。

余裕の無さとでも言い換える方が正解だろうか。それが、おそらくテーブルの上のアルコールであり、取り繕い切れていない今の態度なのかもしれない。

その証拠に、千夏は少し戸惑っているようだった。

どうして今日、来ていたのかも。

どういう気持ちで、帰ってこない娘を待っていたのかも。

どんなタイミングで、待っている時間にお酒に手を出してしまったのかも。

どれも僕には正確にはわからない。

でも、これはきっと、元々千夏の前で見せていた彼の姿ではないのだろうことはわかった。

「それで、娘とはどういう関係なんだい？」

「ちょ、お父さ――」

「千夏は黙っていなさい、私は今彼と話している、千夏の話は後で聞くから」

千夏の言葉もまた、遮られる。

千夏がこちらを見て、不安そうな顔をしているのがわかった。

「少なくとも……貴方《あなた》が考えているような関係ではありませんよ」

「……どうだかな？　こんな時間に親が不在の娘の家に押しかけてくるような男だと見えるけどね」

「疑われるのはわかりますが、娘さんは一人のはずの家の鍵が開いていて、そして電気が点いていることに不安で僕を呼びました。メッセージの履歴もあります」

そう言って、僕はスマホを操作して相手に見せつつ、再び、ポケットにスマホを入れた。

「……父親が娘の帰りを待っていて何か悪いかな？　キミこそ、父親がもういるとわかったんだ。帰るべきじゃないかな？　私は娘に話があってね」

「いえ、悪いとは思っても言ってもいませんし……そうですね、本来ならここでお暇《いとま》するのが礼儀としても正しいのでしょう――――ただ」

少し、必要な時間を置いた。

僕の呼吸のためにも、あることのためにも。

「…………ただ、何だね？」

千夏の父親は、更に圧迫感のある視線を強める。

千夏が僕の手にそっと触れた。僕は、そっと後ろ手で握り返す。

いつも温かいはずの千夏の手は冷たくなっていた。

僕と千夏は友人関係ではあった。

でも、千夏の独白、涼夏さんと彼との会話で聞こえたこと、その後の涼夏さんとの会話。

もう僕は踏み込むことを決める。だからこれだけは聞いておかなければならなかった。

「ある程度の事情は知っています。その上で失礼を承知で尋ねますが、本当は、貴方は何のために今日ここに来たのですか？　娘にも、調停中の妻にも事前に連絡もせず、だと思いますが」

「…………ふぅ」

僕の疑問に、彼はため息をついた。そしてそれまでの仮面を捨てるかのように、どこか投げやりな態度で嗤《わら》うと、吐き捨てるように「どこがただのクラスメイトだ」と呟《つぶや》いた。

「……お父さん？　ハジメを、うちの友達をそんな風に悪く言わないで。お母さんだってハジメのことはちゃんと――」

千夏が、僕と父親をそれぞれ見るようにして、僕のことをフォローしてくれようとする。

ただ、今の場面ではそれは父親の神経を逆撫《さかな》でしてしまう結果となった。

娘の言葉に苛立《いらだ》ちを隠すことを止《や》めたように改めてため息をつき、そして僕を見て彼は言う。

「千夏……そうか涼夏まで。佐藤くんと言ったか。その口ぶりだと、本当に事情はそれなりに知っているのだろうね…………全く、男手の無い家庭にどう立ち入ったのかは知らないが失礼だとは思わないのかな？　親の顔が見てみたいよ」

——そうだね、僕も、もう一度見られるなら親の顔が見たいよ。

対面する人の毒にあてられて、反射的に浮き上がって口をついて出ようとする毒を何とか呑《の》み込むようにして、深く潜る。

深く深く、思考の海へ。

千夏には、心配で来たと言ったけれど、僕が涼夏さんの病室で会ったのはもっと前のことだ。

第一、その場合連絡をしないで来る理由が無い。連絡ができなかったというわけでないのなら、どういう意味があるのか？　涼夏さんに知られたくなかった？　何故《なぜ》？　準備されたくないようなこと。

流石にどの時間からこの家にいるのかはわからない。

でも、機会を改めることもなく、手持ち無沙汰にアルコールを買いに行くようなことをして…………そして、男と帰ってきたということよりも、僕がここに、いや、千夏が一人で居なかったことの方が気に入らないように見える素振りと、余裕の無さ。

頭の中で、浮かんだことがあった。

「……もしかして、千夏さんを、どこかに連れて行くつもりでしたか？　それは、何のためにですか？」

そうして、僕は改めて質問を投げかけた。

「…………」

黙り込む父親に、僕の言葉に、千夏がついて行けないように疑問の声を上げて、父親を見る。

「…………え？」

「はぁ、仕事仕事と涼夏がほったらかしにするからいけないんだな。その仕事すらも身体《からだ》を壊すようにして放り出し、千夏を一人にしている間にこんな失礼な男にまで大事な家に入り込まれている。…………やはり、こんなことでは大事な娘は任せてはおけない」

口を開いた父親は、言い訳のように、正しさを主張するようにして、問われている質問には答えずに、ただ自分にとっての都合のいい論理を音に出して、それが一つだけの事実かのように構築していく。

それは、まるで駄々をこねる子供のように僕には見えた。

「大体、元いた学校を止めてしまう必要もなかったんだ……あっちなら生徒も保護者もみんなある程度身元も確かで、こんな相手と関わることもない。大学までエスカレーターで行けたというのに。これまでの私たちの投資を棒に振るような真似《まね》をして」

「……え、お父さん？　そんな言い方……何で……だって、自由にしていいよって」

その次は、他人を責める言葉を。相手に染《し》み込むように呟くのは、今度はずるい大人のやり口だった。

それに、千夏が愕然《がくぜん》とするように反応する。

「そうさ、子供とはいえ、きちんと千夏のことを信じていたからね。なのにそれは誤りだった。土曜日の遅い時間まで帰ってこない、男を家に連れ込んで、私が居た頃はそんなことはなかったのに………それにキミもキミだ、こんな遅くまで女の子を連れ回して、しかも家にまで入ってくるとは、さっきも言ったがどういう親に育てられたんだ？」

まるで、相手が悪いように断言をするように言葉を使う。

話しながら思いつくまま、攻めどころを探して切りつけていく。

自分の立ち位置を、相手を責めることができる位置に置く。

「……生憎《あいにく》と、僕は親を亡《な》くしています、ですが、その両親にも顔向けをきちんとできるようになろうと努めているつもりです。貴方こそ、質問に答えてください、千夏さんをどうしようとされていましたか？」

大人の相手をすることが多くても、悪意なんてものに晒《さら》された経験は無かった。周りの大人にとって、そう、それこそ同じ哀《かな》しみを持つ仲間として扱ってくれた叔父さん以外にとっては、僕は可哀想な子供だったから。

それでも今、気圧《けお》されない心は、後ろに千夏がいるからだった。

生意気とも、失礼とも思う自分の心も踏み越えて僕は同じことを問う。

「……千夏、一緒に来てくれないか？」

反応が面白くなかったのか、やはり質問には答えず、父親は僕を無視するように今度は千夏へと手を伸ばした。

千夏がビクッと身体を震わせるようにして、僕の陰へととっさに隠れ、そしてそんな反応をした自分に、そんな反応をさせた父親に、驚くように声をもらす。

「ぁ………え？　どうして？」

その質問は、色んな何故が含まれていた言葉。

でも、そのまま受け取った父親は、彼にとっての回答を告げる。

「……一緒に暮らそう、そうすれば寂しくはさせない、弟だってこれから生まれるんだ、家族四人で一緒にやっていこう。聡美《さとみ》も、きっと千夏とも仲良くなれる。子供にはわからないお金の話や権利の話を大人たちでしているところだが、それが一番いいはずなんだ。そう涼夏とも話したが全く理解していない」

「え？　……だってお父さん、その聡美さん？　お母さんの他に、相手がいるんでしょう？　どうするつもり？　一緒にって、全然意味がわからないよ⁉　今日だって急にこんな、どうしちゃったのよ！！？」

父親が話す言葉に、千夏が叫ぶように言う。

「……千夏が転校したいという時もそうだ、将来を見据えれば思いとどまらせるのが正解だとわかっているはずなのにそう説得すらしない。その癖、私が少しばかり外にいたら離婚だと、養育費だと？　誰のおかげで今までやってきたと思っている。現に私が居なければ仕事でああして無理をして身体を壊してしまうじゃないか、母親失格だろう」

「そんな……だってお母さんは」

僕のスマホが振動を伝えた。

その間も聞くに堪えない言葉は続いていく。

「千夏は子供だからわからないかもしれないけど、私に付いてくるほうが最善なんだ。――ほら、僕らは仲の良い《い》父娘《おやこ》だったじゃないか、母親とよりも私とのほうが仲が良かったと、共に来たいと千夏の意思が表示できれば親権だって問題ない筈《はず》なんだよ」

再度、僕のスマホが震える音がした。頃合いだった。

僕は千夏の前に立つ。壁になるように、手を伸ばさせないように。千夏を守れるように。

父親が、苛立たしそうに僕を見た。

「……どういうつもりなのかはわからないが、そろそろ不法侵入で警察を呼んでもいいんだぞ？　大人の話に口を突っ込みたい年頃なのはわかるが、子供にわかる話じゃないんだ。ましてや他人の家族の事情に踏み込むなど――」

もうこれ以上聞く必要は無かった。

「そうですね。帰らせていただきます……でも、千夏は連れて行かせていただきます」

「――何を？」「……え？」

僕は驚いた顔の父親を置いてリビングの扉を閉め、同じく驚きつつも抵抗はしない千夏の手を取って走る。酒気のせいか、僕の突然の行動に慌てているのか、呆《ほう》けたように父親がもたついている間に、玄関にすぐにたどり着く。

最後にこれだけは。こんなの不要な言葉だとわかっている。でも言わずにはいられなかった。

「貴方《あなた》の言う通り、僕らは子供なのでしょう。でも、本当に貴方は僕らくらいの頃、何も考えていない子供でしたか？　――――僕は、僕らは子供でも、何もかもよくわからない程子供じゃないんですよ」

足は止めない。

玄関から、リビングの扉をようやく開けた相手に言い放った。

「だから、貴方のしていることも、千夏に投げかけた言葉も、最低で最悪だとわかります！　……そんな人に僕の大切な人を連れて行かせやしない！」

後は、千夏の手をつかんだまま飛び出す。

「ハジメ⁉」

「痛いかもしれないけど靴もなしだ、そこにタクシーも来てる。涼夏さん！　もし警察とかから連絡があっても、すみません対処お任せします」

気を取り直したように怒声を発するのを後ろに聞きながら、千夏の手を引き玄関を開ける。

そして聞いてくれていたであろう人に向けての言葉を放って、僕と千夏は走り出した。

「出してください！　すぐに、お願いします！　まずは駅の方まで」

「…………」

後部座席の扉が開き、飛び乗った僕らを、タクシーの運転手さんはちらりと見て、後ろから追いかけてくる男性を見て、何かに納得したように頷《うなず》いて無言で走り始めた。

迎車状態で、メーターは動いていた。

こういう使い方になるとは、全く思っていなかったが、マンションに入る前に、待ち時間も賃走ということで呼んでおいて良かった。そして、きちんと居てくれる人で、しかも高校生程度とわかるような二人が乗り込んでも何も言わずに走り始める人で良かった。

正直かなり勢い任せのギリギリだった。心臓がバクバクしている。

「はぁ、はぁ……ハジメ？　どういうことなの？　一体、それにさっきお母さんの名前を」

隣に座った千夏もまた、わけがわからないといった顔で僕を見て、当たり前の疑問を口に出す。

「…………はい」

この方が早いかと思った僕は、スマホの画面を見せる。

そこには、『涼夏さん』という名前と、通話中を示す画面が表示されていた。

◇
◆

『ハジメくんは、千夏のことを本当に大事に想《おも》ってくれているのね。ちょっとこちらが照れてしまうくらい』

『……いや、そんな風に言葉にされると僕も恥ずかしいんですけど。でもそうですね、千夏さんは僕がしんどかった時に、助けてくれて、救ってくれて、代わりに泣いてくれて――――何というか、少しでも返せるものならばと思います』

『そう。…………ねぇ、本来高校生である貴方にお願いするようなことではない、お願いをしてもいいかしら？　きっと、何事もないとは思うのだけれど』

『何でも……僕にできることであれば何でも言ってください』

『もしも……もしもあの子の父親が、あの人が急に千夏の前に現れることがあれば、千夏が望まない流れになりそうであれば、そばにいてあげてほしいの――――ちょっと、手続きで揉《も》めていてね。あの子に聞かせたくないのも、貴方にこうして曖昧な頼み方をしてしまっているのも、全て私たち、いえ、私の責任なのだけど』

『わかりました……いえ、事情は分かったとは勿論《もちろん》言えないですが。何かある場合、僕は千夏さんのために動くとお約束します――ただ、僕の方からも一つだけ、涼夏さんにお願いをしていいでしょうか？』

『あら、結婚の許しならあげるけど……そうじゃないみたいね』

『……もう、揶揄《からか》わないでくださいよ。えっと、千夏さんと話す機会があったら、きちんと話してあげてください。子供には話せないことがあることもわかるくらいには、僕らは大人です』

『……ふふ、わかったわ、その機会を、きちんと作る。本当にありがとうね』

そんなやり取りを涼夏さんとしたのは、千夏と呼び始めたあの日のことだった。

まさか、そのやり取りからこんなに早く、しかもこんな形で涼夏さんの言っていることがわかるとは思いもしなかったが。

◇◆

僕が見せたスマホの画面に千夏は驚いて、言葉を発する。

「え？　お母さん？　繋《つな》がってるの？」

「ええ、そうよ。そっちの声もきちんと聞こえていたわ……ごめんなさい、貴女《あなた》にも、ハジメ君にも辛《つら》い思いをさせたわね。まさか、彼があんなに強引なこと考えるなんて」

聞こえる涼夏さんの声に、改めて千夏が僕を見る。

「……話の途中で、お父さんにメッセージを見せるようにスマホを出してみせた後、ポケットにしまう時に咄嗟《とっさ》に、ね」

今回、僕がしたことと言えば大したことではない。

泥棒かもしれなかったので、いつでも逃げ出せるように、タクシーを待ち時間も支払いするからと、呼んで待機してもらった。

父親の様子を見て、念のため涼夏さんに電話をかけておいた。

それだけだ。

うまく逃げられたのも、涼夏さんが無言電話を切らずにこちらの状況を把握してくれたのも、ただ運が良かったと思う。でも、あのままにはしておけなかった。

「……それだけって、そんなこと。それにあんな酷《ひど》いことを、うちの、お父さんが……ごめん」

「いいんだ。とりあえずさ、うちに行こう。涼夏さんも、一旦切って、家に着いたらまたご連絡しますね」

涼夏さんにも一言告げる。

「本当にありがとう、すまないけど少し千夏をよろしく。千夏、すぐやらないといけないことをしたら、後でちゃんと全部話すから、電話、持っててね」

そう言って涼夏さんとの通話は切れた。

「ハジメ……」

「大丈夫だから」

千夏のこんなに不安そうな顔を初めて見る。

握ったままの手を、包むようにして、走ってもなお冷たいままの手を温める。

よく笑ってよく泣いて、でも僕の心を凛《りん》とした言葉で救ってくれる千夏。

でも当たり前のことだが僕らは、高校生だった。子供扱いされることに反発しながらも子供の立場にいて、そして、大人の言葉も理解できる程度には大人な心を持って。

あの父親は、一体千夏が何歳の子供のつもりで言葉を発したんだろう。

あんな風に千夏に聞かせるべきではなかった。

そっと、千夏が手を握ったまま僕の肩に寄り掛かる。

車内は僕の家に着くまで、無言だった。

家の前に着いて、お金を払って二人で降りる。

正直、こんな怪しい二人を咎《とが》めることなく乗せてくれたことには感謝しか無かった。

「……実はね、僕も妻とは駆け落ちだったんだよ…………他人事《ひとごと》には思えなくてね、またのご利用の際はよろしくね」

そう思った僕がお礼を言うと、その初老の運転手さんは小さな声でそう言って僕の肩をぽんと叩《たた》き、タクシーは去っていった。

完全なる勘違いだが、確かに靴も履いてない高校生の男女がタクシーで逃亡って、とは思う。

少なくとも、運転手さんから父親に家が知られる可能性はなさそうな気がして、こんな時だったが、少しだけ運とやらに感謝した。

無言で、少し呆然《ぼうぜん》としている千夏の手を引いて、家に入る。

僕もまた、ほっとしたのか腰が抜けたように座り込んでしまった。

とりあえず、今すぐに僕に、僕らにできることは多くはなかった。

温かい飲み物を用意して、ただ、一緒にいる。それくらいだった。

「千夏、とりあえずこっち、涼夏さんから連絡もあると思うから、それまで飲み物でも飲んで、一緒にいよう」

「……うん」

哀《かな》しみ？　怒り？　戸惑い？

千夏の中で色んな物が渦巻いているのがわかった。

それから少しして、千夏のスマホが着信を知らせる。

「……お母さんからだ」

「じゃあ、僕は少しだけ外しているね……でも呼ばれたらすぐに来るから」

「うん、ごめん……ホント、ごめん」

「良《い》いんだ」

そこから、話し声は日付が変わるまで続いていた。

僕は静かに、邪魔をしないように、でもすぐに駆けつけられるようにして、ただ待っていた。

スマホが震える。それを読んでいる間にも次々とメッセージが続いた。

『(涼夏さん) 千夏と、娘と話をすることができたわ』

『(涼夏さん) きちんと、子供扱いしないで、話せたと思う。私の考えも、あの人の考えも、今がどんな状態なのかも』

『(涼夏さん) 本当は、そこに行って、抱きしめてあげたい、でも、そうしてあげられないから』

『(涼夏さん）最後まで好意に甘えっぱなしでいいかしら?』

『(ハジメ）任せてください、約束だからではなくて、千夏さんは、僕にとっても大事な人なので』

その全てを読んで、僕はそれだけ書いてスマホを閉じると、千夏がいる部屋をノックした。

返事を待たずに、僕は部屋に入る。

母親との、おそらく子供扱いされない初めての、きちんとした一対一の話を終えた千夏は、一人で静かにスマホを持って、床に座り込んでいた。

僕の気配に振り向いた顔には、涙の跡は無い。そのことに少しだけほっとする。

でも、続く言葉と、その様子にそうではないことに僕は気づいた。

「………お父さんのこと、ううん、お母さんのことだって。うち、全然わかってなかった。お母さん厳しかったって、お父さん甘かったって言ったじゃない？　でもさ、最近のお母さん見てて、違う面いっぱい今更知ってさ。……さっきも、一番最初に言ってくれたの。うちが、娘で良かったって、そう思わない日はないって。それに、今日、あんなんだったけど、最低で最悪だけど、それでもお父さんも、そう思っていたのは嘘《うそ》じゃないはずだって――――」

千夏がうつむいて、言葉を切って。

「でもさ……そんな風に想ってくれていたはずの二人がうまくいかなくなった最初の理由もまた、うちのせいだったんだね」

千夏が震えるように、そう言った。

咄嗟にそんなことはないと言おうとして、でも口をつぐむ。きっと、そんなことを千夏は求めていなかったし、僕はただ、最後まで吐き出してくれる言葉を聞くべきだった。

――千夏があの日、僕にそうしてくれたように。

「ううん、それはちょっと誤魔化しだね。……お父さんがあんなふうに思ってたのは知らなかったけど、お父さんとお母さんが揉めたの、薄々うちのせいなのかな、とは思ってたんだ、言葉にするのが、認めるのが怖かっただけで」

時期も時期だったしね。そう言って痛々しく笑う。

「お父さんの言うとおり、一時の気の迷いでさ、あのまま耐えてれば良かったのかな? 言われればそりゃ確かにそうだよね。小学校の時も塾とか行ってたし送り迎えに色んなことを優先してもらってさ、中学から私立に、高校や大学に続けるところに入れてくれたのも、きっと高校受験や大学受験で苦労しないように考えてくれてなんだよね、お金も時間も沢山かけてもらってるんだな、って、うち、ハジメと会ってから、考えたりしてたんだ」

どうせ今の高校でも同じことしてるんだし。同じだったかな？

力なく自虐のように続けて、はは……と笑う。

自分が耐えればよかったのかと、自分のせいで全て壊れてしまったのかと。

笑っているのに、笑っていない。

「……それは困るな、それじゃ、僕が千夏に会えなかった」

僕はそう口にする。

千夏が、僕のそんな言葉に少しだけ震えて、その瞳の中を潤ませた。

でも、それが溢《あふ》れない。堪えているわけではなく、溢れることができない。

僕は、その感情を知っていた。

これはきっと、いつかの僕だ。

『信じる』ということすらしないほど、疑いもなく来るはずだった日々が、唐突に来なくなることを理解してしまった時の。そんな時は、泣くこともできなくて。

――――ただ、寂しいとか悲しいとかそういった感情が飽和して、心を守るように、自分の中から他人のように自分を俯瞰《ふかん》してしまう。

顔を上げて、正面から千夏を見た。

俯《うつむ》くようにして座る、僕の大事な人。

あの日の僕には、まだ君は居なかった。

でも、今の君には、僕が居てあげられる。

その場所に、居てあげたい、そう僕なんかが思うのは、もしかしたら傲慢なのかもしれないけど。

『ハジメは、二番でも僕なんかでもない』

そう言ってくれた人がいるから。

誰にも譲れない僕だけの場所。

僕は、ずっと千夏からいつも何かをしてもらっていた。

だからこれは僕からの――。

僕はゆっくりと千夏に近づいた。

「――っ」

千夏を抱きしめる。

そっと、壊れてしまわないように、でも孤独《ひとり》じゃ無いことを伝えられるように力強く。

決して同情でも、ましてや馴《な》れ合《あ》いなんかじゃなく、ここにいられることへの感謝すら込めて。

腕で、全身で千夏を感じる。温《ぬく》もりを、香りを、千夏の全てを。

千夏は何も言わなかった。

ただ、少しずつ、少しずつ千夏の腕が僕の背中に回って。

僕らは二人、抱きしめ合っていた。

静かな部屋。

静かな世界。

まるで時が止まったようだった。


「……う…………ぅぁ」

そんな時を動かし、静かな世界に音が生まれたのは、どれくらい抱き合っていた頃だったか。

それはきっと慟哭《どうこく》というものだった。

せき止められてしまっていた感情が、決壊する。

あの日、きっと僕は誰かにこうして欲しかった。

柔らかな感触を腕に、胸に、心に感じながら抱きしめて、そしてまた抱きしめられながら、不思議と僕はあの日の僕の心をも感じる。

あぁ、と思った。

そうか、人はこうして、世界に一人ではないということを確かめるために、大事な人にそう伝えるために抱き合うという行為をするのか。

そんな想《おも》いに行き当たり、ふと、自分の目に違和感を覚えた。

同時に温かいものが、頬に伝う感触。

「……え？」

僕の目からもまた、千夏と同じように涙が流れ落ちていた。

あの日から、泣くこともできずにいたのに、こんな。

泣いているという感覚すらなくただ、溜《た》め込まれていた涙が今溢れ出《だ》しているように。

「ハジメ」

愛《いと》しい人が僕の名前を呼んだ。

涙は止まらない。ただ、伝うだけ。

「千夏」

僕は名前を呼ぶ。

今はただ、それだけで良かった。

◇◆

ハジメの温もりに包まれて、千夏は至近距離でハジメの顔を見ていた。

その目から、一筋の涙が、止まることなく流れ続ける。

ストン、と何かが心の中に落ちた音がした。

千夏はハジメのことが好きだと思っていた。この感情の名前は恋なのだと、そう思っていた。

優しいハジメがいた。

――好きだった。

とても頼りになるハジメがいた。

――ドキドキした。

沢山大事にしてくれるハジメがいた。

――少し照れくさくて、同じようにしてあげたくなった。

少しずつ、水が染《し》み込むように、千夏はハジメの良《い》いところをたくさん知って、好きになっていった。

でも今、ただ涙を流しているハジメを、目の前の男性を見て。

千夏はどうしようもなく愛しいと感じていた。

好きなんて言葉じゃ足りないくらいに、心の中の感情がそれだけで一杯になって溢れ出すくらいに。

初めて知る、初めて感じる感情だった。

人は、人の格好良さや優しさにだけ、惚《ほ》れるのではないことを知る。

もう、無理だと思った。

どうあがいても、もう何を見ても、千夏はこの目の前の人を求めずにはいられないだろう。

恐怖《おそれ》も、怯懦《おびえ》も、躊躇《ためらい》も。

この感情を諦める理由になどなれない。

「ハジメ」

ただ、その名を呼んだ。

彼の涙は止まらない。ただ、伝うだけ。それが途方もなく美しかった。

「千夏」

愛しいと思う人が自分の名前を呼ぶ。

今はただ、それだけで良かった。


どのくらいの時間を抱き合っていたのだろうか。

いつの間にか、涙は止まっていた。

喉の渇きを覚えて、僕と千夏は身を離す。

先程まであった温もりがなくなるのが、どうしようもなく寂しく感じられてしまう。

こんなに近くにいるのに、そう思って僕は少し笑った。

千夏もまた、同じことを思っていたのだろうか。少し微笑《ほほえ》んでいるように見えた。

もう大丈夫だと思った。

何も状況は変わっていないけれど、沢山泣いて、今自然と微笑むことができた僕らは、きっとこれからも大丈夫に違いなかった。

用意していた飲み物は、もう冷めてしまっていたけれど、僕らはそれで喉を潤した。あれだけ目から水分が出たのだ、身体《からだ》が潤いを欲《ほっ》するのは当たり前な気がする。

しばし、飲み物を飲む音だけが響いた。もう深夜で、外も中も静寂に包まれている。

そんな沈黙を破るように、ねぇ、と千夏は言った。うん、と僕は頷《うなず》いた。

それだけで僕らの間では通じ合った気がした。先程、抱き合って、名前を呼び合ったのが全てな気がしていた。

ただ、それは錯覚かもしれなくて、だから、ちゃんと今更ながらに先人のアドバイスには従うのだ。

僕らが今言葉にしないといけないことは、もうお互い伝わっている、そう思える。

どちらから言葉を発しても良いような気はした。

ただ、千夏が先に口を開く。きっとその言葉は――――。

「ねぇ、キスしていいかな」

「………え？」

ほんの一瞬前の僕を殴りたくなるほど、千夏の口から出てきた言葉は僕の頭の中に欠片《かけら》も無かった。

想定に無い時、人はこんなに間の抜けた声を出すんだな、と僕は他人事《ひとごと》のように自分の声を聞く。

そんな僕に、首を傾《かし》げるように千夏は問う。

「嫌なの？」

「そんなわけ、無いけど」

言葉を失った僕は、千夏に見つめられて、言葉の意味に頭が追いついて、その瞳にまるで恥じらう乙女のように顔を赤くする。

「じゃあ、しよう――――ちょっと確かめたいことがあるの」

千夏が男前だった。

誰が何と言おうと、完全にこの目の前の美しい女の子は男前だった。

「ん………」

いつまで経《た》っても見慣れることがない整った顔が、少し首を傾けるような角度で近づいて、甘い香りと共に、僕の唇に柔らかい感触が触れた。

――――僕らの二度目のキスは、歯が当たることもない、穏やかなキスだった。

ゆっくりと、千夏が離れていく。

そして、うん、と千夏は何かを確かめるように、納得するように頷いて、呟《つぶや》くように言った。

「やっぱりさ、うちはハジメが好き」

真《ま》っ直《す》ぐだった。

その瞳が問うていた。貴方《あなた》はどうなのかと。

僕の答えもまた、決まっていた。

「僕も、千夏が好きだよ……………あ、でも少し違うのかも」

「…………？」

「僕はさ、自分の感情の名前が、『好き』って気持ちかと思ってたんだけど」

「うん」

「色々考えて、感じて、溢《あふ》れすぎないようにとか思うこともあったんだけど」

「うん」

僕は千夏のように、バシッと言えなかった。

まるで言い訳のように少しばかりの言葉を並べてしまう。

でも、そんな僕の言葉に千夏は、何より大事なもののように頷いてくれていた。

だから、僕は言葉に、今この胸にある熱と想いを全て乗せて――――。

「愛、し、て、る」

そう告げた。

「あ…………」

千夏のただでさえ大きな瞳が、見開かれて、口から掠《かす》れたような声が出る。

高校生程度の恋愛でと言われるだろうか、もしかしたら、正直初めての恋に浮かされているだけなのかもしれない。

それでも、ただ好きというだけじゃ伝えきれない気がして。

あの瞬間、僕と同じことを千夏もまた思ってくれていた気がしたから。

「正直、愛とか恋とか好きとか、よくわかってなかったんだけどさ…………何だろう、それが一番しっくり来たんだ」

はは、そう言って、流石《さすが》に照れくさくなってしまった僕は、頭をかいて下を向く。

「…………あぁもう！」

そんな声がさっきまでの言葉よりとても近くで聞こえて。

顎に手をかけられて、強引に顔を上に向けられ、そうして僕はまた、唇を奪われた。

先程よりも少し乱暴に、でも長く、少しだけ深く、僕と千夏は口づけを交わす。

「……カナさんが、言ってた」

そうして離れて、呼吸が乱れながら、紅潮した顔で、千夏は言った。

「え?」

「キスをしても、もっともっとしたくなったら、本物だって……本物じゃなかったら、したら冷めちゃうって」

「はは……じゃあ僕のこれは、本物みたいだ」

「……ん」

今度は僕からした。

三度奪われるようにしてキスをして、四度目にようやく自分からできる。

そんな僕の情け無さもまた、僕と千夏の関係のようで。

本物が何かはわからない。

恋は下心、愛は真心とは誰の言葉だっただろうか。

わかっていることは、どんなにキスを交わしても、この胸の中の想《おも》いが消えるとは思えないということ。

僕の心の中にはもう、千夏の場所があった。

そして千夏の心の中にも、きっと僕の居場所は用意されていた。

「ねぇ、千夏」

「なに？　ハジメ」

「僕と、恋人になってくれますか？」

「………………ええ、喜んで」

千夏は、僕の言葉にまた少しだけ静かに涙を流して、笑ってそう答えてくれた。

その涙はもう、先程までのそれとは意味を変えていて。

僕らの感情の名前を知った日、こうして僕らの関係もまた、名前を変えたのだった。

間話

「ふぅ……」

南野涼夏は、誰もいない個室の中で、ため息をついた。

つい先程、最近新たに担当してくれた弁護士の方に、すべての情報を投げたところだった。

常識のないこのような時間帯でも対応してくれるのには驚くしかなかったが、紹介してくれた、最近知り合った年下の知人との関係性からなのだろうか、かなり優遇してくれている。

「あの子に、連絡してきちんと話さなければね」

誰にというわけでもなく、そう呟く。

呟きに返してくれる人はおらず、一抹の寂寥《せきりょう》感に駆られる。

着信履歴から娘の名前を押そうとして、まだ押せないでいた。これから話さなければならないことが、その指を重くしていた。

「……きちんと話してあげてください、か。――――はぁ、ほんとにどちらが子供かわかったものじゃないわね」

娘の友人、というかおそらく恋人に間も無くなるのではないかと期待している少年のことをふと思う。

まだ数回しか会っていないが、とてもいい子だった。

――――そして、同時にとても、哀《かな》しげな。

涼夏は、千夏のことは、どうしても幼少から見てきたからか、子供として扱ってしまう。

まだ一六歳なのだ。身体は大人になりつつあっても、子供。そんな境界の時期。

でも、電話越しに聞こえたハジメ君の言葉は、涼夏にも刺さった。

『貴方の言う通り、僕らは子供なのでしょう。でも、本当に貴方は僕らくらいの頃、何も考えていない子供でしたか？　――――僕は、僕らは子供でも、何もかもよくわからない程子供じゃないいんですよ』

涼夏にも思春期は勿論《もちろん》あった。もう思い出せないほど昔のことのようで、どこか昨日のように思い出すこともできる、そんな時期のことを。

普通に恋をして、友人と遊び、勉強に厭気《いやけ》がさしながら、親とも喧嘩《けんか》もしながら過ごした、でも今にして思うとかけがえのなかったあの日々。

「ハジメ君は、そんな時に、大人にならざるを得なかったのね」

そうポツリと呟く。

そんな彼だから、涼夏は少し期待するようにお願いをしてしまった。

でも、きっとそれは、本来あってはならない甘えだった。


まさか、あの人があんな強引な無茶をするとは思ってもみなかったのは事実。

自分にも他人にも甘く、家族には強い内弁慶のようなところはある人だったが、それで夫婦として二〇年近くやってきたのだ。わかっているつもりだった。

勿論教育や子育ての方針の違いや、それでいて千夏には耳触りの良《い》いことしか言わないずるさは好きではない部分だった。涼夏の仕事が軌道に乗ってきてからはすれ違いも多くなったのもその通りだ。

千夏の中学での揉《も》め事《ごと》以降、喧嘩も絶えない中で外で不倫をしていたことを許すつもりも毛頭ない。

——でも、生まれてからの一五年間、自分一人で千夏を育てられたとは全く思わないし、千夏のことを大事にしていたのは、良い父親であったことは確かだった。

そして、その結果の見込み違いが、家族ではなくなろうと、道が分かたれようとしている中で、勝手にそこだけは変わらないだろうという思い込みが、本来巻き込むべきではなかったハジメ君にまでしわ寄せを向かわせてしまった。

確かにハジメ君のおかげで、今後の話し合いは優位に働くだろう。でも、本来それを彼に負わせてはならなかった。声だけで、千夏の盾になってくれていたのがわかった。

きっと必死で、守ろうとしてくれていた。

あの人との口論を聞かれた後の気の遣い方。叔父の伝手《つて》ですが、と言いながら弁護士を紹介してくれた件。初めて会った時からの受け答え。

とても高校生とは思えない。――――その有り様が、物哀《ものがな》しくなるほどに。

彼を見ていると、どうしようもなく、大丈夫だと言ってあげたくなるのだ。

それが、同情なのだろうと自覚しつつも。

だからこそ、千夏との仲をからかう時には見せる、年相応の照れや、戸惑いは好ましかった。

「ふふ……私が言える立場でもなくなってしまったけれど、千夏は男の子を見る目があるわね。ちょっとどころではなく背中を押してしまいたくなるくらい。…………そうね、あの子たち次第ではあるけれど、今回のこともあるし、それも選択肢の一つかしら？」

正直、自分が高校生の時に、ハジメ君のような子に興味をもつことがあっただろうか。

そう考えて、そうではなかったから今の自分になっていると自嘲気味に思った。

昔を懐《なつ》かしむほどにまで年を取ったつもりはないが、自分の娘と、彼を見ていると感じてしまう。邪魔にはなりたくはなかったし、邪魔をさせたくはない。原因の一つである涼夏にはその権利すら無いかもしれないのに、願わずにはいられない。


――どうか、彼ら二人に祝福を。その道程に幸運を。

感傷的になっている自覚はあった。気を取り直して、やるべきことをやる。


「さて、まずは、きちんと娘と対話しますか」

スマホを見て、コールを押した。千夏は出てくれるだろうか。

娘と大人として会話するのも、母親としてではなく一人の人間として話すのも緊張する。

傷つけてしまうこともあるだろう。気づかなくて良かったことに気づかせてしまうかもしれない。

それでもきっと、娘を一人にしないでいてくれる子がいるから。

「…………もしもし、千夏？　うん、そうね…………一つずつ、話していなかったことも話していくわ」

せめて、私からも親としての愛情を伝えて。

「まずはごめんなさい。そして、全部話す前に一つだけ…………私はね、貴女《あなた》が私の娘であってくれて良かったと、いつも思っているわ――」

その後のことはきっと、甘えて託してしまってもいい部分ではあるはずだから。

エピローグ

千夏は、風の音にふと目を開く。

完全に意識が覚醒しきらないまどろみの中で、安心する香りに包まれているのを感じた。

目の前に、初めて想《おも》いを交わした男の子の寝顔が見える。

男性と言うには少し幼い。同じ年の男の子。

整った顔立ちとは言えない。人混みに紛れてしまえば、ほとんどの人にとって印象が薄くなってしまうことだろう。

でも、千夏にとっては、もうどんなに大勢の人の中からでもこの人にしか目が行かないだろう男の子。かっこいいと思わないけれど、とても格好いいと感じる矛盾。

きっとまだ、千夏は熱に浮かされているのかもしれない。

眠る前の時間が、あまりにも静謐《せいひつ》で、美しかったから。

でも、決して勢いに乗せられたわけではなかった。その場の空気に流されたわけでも、きっと無い。

何故《なぜ》ならこんなにも、一度寝て、脳がリセットされた後にも拘《かか》わらず、千夏の心の中は穏やかに、それでいて熱いのだから。

ただ、声が聞きたいと思う。

もしもハジメが嬉《うれ》しい時は、一緒に笑いたいと思う。

たとえハジメが泣きたい時が来ても、ちゃんと泣いて欲しいと、そして傍《そば》に居たいと思う。

この穏やかな香りにもっと包まれたいと、その温《ぬく》もりを感じたいと思う。

そしてハジメが千夏にくれたものと同じように、千夏もまたハジメに何かをしてあげたいと思う。

——もっと、もっと。

『でもね、そうじゃない場合は、した後でももーっとしてあげたくなるし、好きだなって思うよ』

言われたことを、思い出す。

キスをして、確かめたことを思い出す。

好きの上の感情なんて、考えたことも無かった。一人の人に対して、こんなに感情が揺れることがあるなんて、知りもしなかった。

ハジメに言われた『愛してる』。物語の中でしか見たことも聞いたことも無かったようなセリフを、千夏は自分の心に受け取った。

もう千夏の行動は、気持ちは、ハジメに縛られている。

千夏自身が、ハジメに縛られたがっていた。

言葉だけは知っていたけど。

その言葉によって、何かをして欲しいよりも、何かをしてあげたいがこんなにも大きくなるものなのかと、驚く。

そして、自分が……人付き合いなんてと思っていた自分が、そう思えたことに。佐藤一という男の子と出会って、ここに至れたことが、ただ、幸せだと思った。

ハジメはすやすやと眠っていた。

頬に手をやる。起きる気配は、無かった。

千夏はそっと深呼吸をする。

咄嗟《とっさ》の返事は行動で示してしまったのだけれど、言葉で返していなかったな、そう思って、少しだけ気が利《き》いたことを言おうとして、止めた。

ただ、そのままの心を、言葉に。

「……うちも、南野千夏も、佐藤一を愛しています」

そう耳元に囁《ささや》いて、そっと身体《からだ》に手を回す。何も言わずとも、その温かさを感じられるだけで、穏やかに眠りにつける気がした。

未来はわからない。

でも、ハジメが一緒に居てくれるならば、どんな未来が来ても大丈夫でいられる、そんな気がした。

この先で起こることも、きっと。

あとがき

和尚《おしょう》と申します。

この度、『二番目《にばんめ》な僕《ぼく》と一番《いちばん》の彼女《かのじょ》』を手にとって頂き、本当にありがとうございます。

いざ、自分がこうして後書きというものを書く身になってみると、今まで読んでいた後書きの御礼《おれい》には、本当に言葉にできないほどの色々な感謝が入っているのだなと思っている次第です。

その為《ため》、最初は感謝を言葉にしてみるところから始めさせてください。

まずは、この本を読んでくださった方に心からの感謝を。物語を読んで、そして後書きまで読んであげようと思ってくださった貴方《あなた》／貴女、本当にありがとうございます。

そして、ウェブ小説の頃から読んでくださり、更に応援の意味でこうして購入してくださった方には、より強い感謝を。大筋を変えることは無かったですが、書籍の形になり、そしてミユシャ様の素晴らしい絵が合わさり、少しばかり加筆というものをしてみました。

改めてお楽しみ頂けていたら嬉しいなと思っております。最初はＰＶも少なかった本作が、少しずつ読んでいただく方が増え、こうして書籍という形にできたのは、貴方／貴女のお陰です。ありがとうございます。

次に、絵を担当してくださったミュシャ様。外見描写の少ない本作のキャラたちを色づけて現実に下ろしてくださりました。想像の中でしかなかった、ハジメと千夏が、不思議と最初からそう思って書いていたかのように、絵にして頂けて、尊敬と感謝が混ざりあって昇華しております。本当にありがとうございました。

最後に、この小説を見つけてくださった編集者のS様。書籍化の意思確認のご連絡を頂いた時の感動は、恐らく忘れることは無いと思います。初めてのことで色々とわからないことが多い僕をフォローしてくださり、より沢山の方に物語を届ける機会を頂けました。本当に感謝しております。

さて、言葉にできないほどの溢《あふ》れる感謝を書いたはずなのに、まだ後書きの文字数に不足している事実がここにあります笑。ということで本作の誕生についてでも書いてみることに致しましょう。

この物語は実は車を運転している時に唐突に降りてきた物語です。

正確に言うと、まず主人公のハジメについての場面、設定が思い浮かびました。帰宅してから文字に起こしてみると、自然とヒロインも浮かんだのです。

ハジメも、千夏も、その周りにいる人たちも、基本的には物語が始まる前から僕の中にいました。

なので、不思議なのですが、僕は彼等《かれら》の物語を預かって、言葉にして紡《つむ》いだようなものなのです。

勿論《もちろん》、作者としての伝えたいことや描きたいことは乗せています。でも、会話や行動は、基本的に彼等が勝手に動くのですよね。


そんな彼等の物語は、まだもう少し続きます。

プロローグの場面に追いつき、そしてその先へ。

宜《よろ》しければ二人の物語を引き続き応援頂けると、嬉しく思います。

では、またこうしてお会いできることを祈って。筆を置かせて頂きます。ありがとうございました。

お便りはこちらまで

〒一〇二－八一七七
ファンタジア文庫編集部気付
和尚（様）宛
ミユシャ（様）宛

富士見ファンタジア文庫

二番目《にばんめ》な僕《ぼく》と一番《いちばん》の彼女《かのじょ》

令和5年10月20日　初版発行

著者——和尚《おしょう》

発行者——山下直久

発　行——株式会社KADOKAWA
〒102-8177
東京都千代田区富士見2-13-3
0570-002-301（ナビダイヤル）

印刷所——株式会社暁印刷

製本所——本間製本株式会社

ISBN978-4-04-075181-8 C0193　◇◇◇

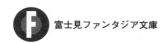

「す、好きです!」「えっ? ススキです!?」。
陰キャ気味な高校生・加島龍斗は、
スクールカースト最上位&憧れの白河月愛に
罰ゲームきっかけで告白することになった。
予想外の「え、だって今わたしフリーだし」という理由で
付き合うことになった二人だが、
龍斗はイケメンサッカー部員に告白される
月愛の後をつけて盗み聞きしてみたり、
月愛は付き合ったばかりの龍斗を
当たり前のように自室に連れ込んでみたり。
付き合う友達も遊びも、何もかも違う2人だが、
日々そのギャップに驚き、受け入れ合い、
そして心を通わせ始める。
読むときっとステキな気分になれるラブストーリー、
大好評でシリーズ展開中!

ありふれた毎日も
全てが愛おしい。

済みなキミと、
ゼロなオレが、
き合いする話。

ファンタジア文庫
何気ない一言も
キミが一緒だと
経験
経験
お付
著／長岡マキ子
イラスト／magako

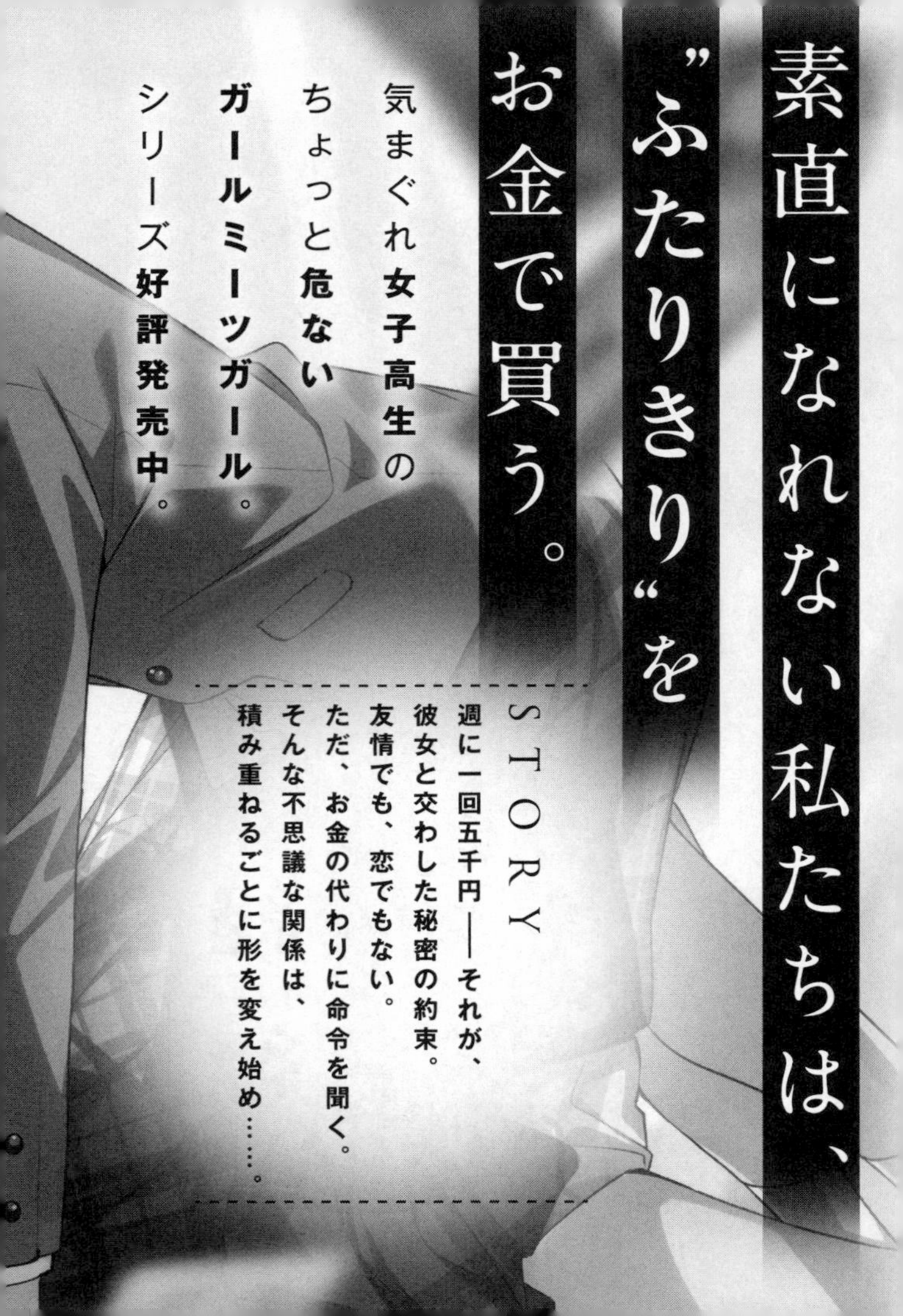

素直になれない私たちは、
"ふたりきり"を
お金で買う。
気まぐれ女子高生の
ちょっと危ない
ガールミーツガール。
シリーズ好評発売中。
STORY
週に一回五千円——それが、
彼女と交わした秘密の約束。
友情でも、恋でもない。
ただ、お金の代わりに命令を聞く。
そんな不思議な関係は、
積み重ねるごとに形を変え始め……。

ファンタジア文庫

週に一度クラスメイトを買う話

～ふたりの時間、言い訳の五千円～

羽田宇佐《はねだ・うさ》　イラスト／U35《うみこ》
USA HANEDA